먼 바다

먼 바다

공지영 장편소설

해냄

먼 바다 — 가닿지 못한 사랑들에게 바치는 헌사

차례

그리움 가득한 눈빛으로 제가 뒤따르는지 확인하세요

사랑으로 저를 일으켜주세요

미풍이 제비를 받쳐 올리듯

태양이 내리쬐든 비바람이 치든

우리가 멀리 날아갈 수 있도록 해주세요

하지만 제 첫사랑이 저를 다시 부르면 어떡하죠?

저를 꼭 껴안아주세요

늠름한 바다가 파도를 끌어안듯

산속에 숨어 있는 당신 집으로 저를 멀리멀리 데려가주세요

평안으로 지붕을 잇고 사랑으로 빗장을 걸도록 해요

하지만 제 첫사랑이 저를 또다시 부르면 어떡하죠?

　　　　　　　　　　　　　　—사라 티즈데일, 「비상」

민 바다라고는 해도 물이 그리 깊지는 않았던 것 같다. 서해바다는 연두에 가까운 에메랄드빛이었다. 바다 수면 위로 햇살들이 반짝이며 쏟아져내리고 있어서 어쩌면 투명하게도 보였다. 대기는 습해서 무더웠지만 일단 바다에 잠기고 나면 물속은 멧비둘기 품처럼 훈훈해서 헤엄치기 좋은 날씨이긴 했다. 그와 친구들의 머리는 넓고 잔잔한 바다 위에 고무공처럼 떠 있었다. 웃음소리가 간간히 수면 위로 반사되어 해변으로 울렸다. 그녀는 그 바다가 잘 보이는 언덕, 구부러진 소나무들이 바다를 향해 서 있는 숲에 혼자 서 있었다. 그녀는 그들과 함께 헤엄칠 수 없었기에 언덕에서 목을 길게 빼고 그들의 모습을 바라보고 서 있어야 했다. 마이애미 공항에서 뉴욕행 비행기를 타기 위해 줄을 서는데 문득 그게 떠올랐다. 40년 전 일이었다.

그녀가 마이애미에 오게 된 것은 우연이었다. 재직하고 있는 대학의 영문과 선생들이 미국 여행, 그것도 헤밍웨이 심포지엄이 열리는 마이애미에 가는 김에 문학기행을 기획한 모양인데 그중 한 사람이 피치 못할 사정으로 예약을 취소하게 되어 빈 자리가 났다고 급하게 연락을 해온 것이 발단이었다. 결원이 생기면 그들이 예약한 호텔이며 렌터카까지 차질이 생기게 된다며 그녀에게 특별 파격가로 끼워주겠다고 제의했던 것이다. 안 그래도 미국에 계신 어머니에게 한번은 다녀와야겠다고 벼르고 있던 차에 그녀는 그 일행에 끼어들었고 마이애미와 키웨스트까지만 동행하기로 했었다. 그들은 거기서 헤밍웨이의 자취를 따라 쿠바로 떠난다고 했다. 마침 안식년이었으므로 그녀는 어머니를 방문하기 위해 뉴욕으로 갈 계획을 세우고 있던 중이었기에 그들의 합류 제안을 받아들이는 게 그리 어렵지는 않았다.

미국행이 결정되던 날 오후 그녀는 대학에 있는 자신의 연구실을 나서기 전에 지금 뉴욕에 살고 있는 한 사람에게 연락했다. 최근 페이스북으로 연락이 닿은 사람이었다.

만난다면 40년 만이었다. 뉴욕에 처음 가는 것도 아니고 이번에도 그리로 가면서 꼭 그를 만나야겠다고 결심한 것도 아니었다. 그런데 그가 대답을 해왔다.

―저녁 식사도 좋고 가능하다면 하루 내내 뉴욕을 보여주고
　　싶은데…….

　비행기는 오전 일찍 뉴어크 공항에 도착할 것이었다.
그녀는 자신이 예약한 비행기의 도착 시간을 그에게 알
리고 나서 어머니가 계시는 뉴저지의 동생 집에 갔다가
맨해튼으로 나가면 아무리 빨라도 2시는 넘을 것 같다
고 답장을 했다. 거의 5년 만에 보게 될 어머니였는데
명색이 맏딸인 그녀가 도착하자마자 점심 식사도 함께
하지 않고 외출하는 것이 그리 탐탁지 않았기 때문이었
다. 아침 7시에 이륙하는 비행 시간에 맞추기 위해 마이
애미 호텔에서 새벽에 일어나 짐을 싸고 있는데 문자가
도착했다. 그였다.

　　―스케줄을 이렇게 하면 어떨까?
　　3/22 12:15 점심. 먹고 싶은 것 알려주기 바람.
　　3/22 2:00~6:30 뉴욕 관광
　　―아래는 Suggestion이고(알파벳 순서), 다른 하고 싶은 게
　　있으면 꼭 말해~
　　첼시 마켓

9/11 Memorial & Museum

(시간 예약이 30분 간격으로 있어서 다른 곳 선택에 따라 시간

조정)

자연사박물관

Cooper—Hewitt Smithsonian Design Museum

Frick Collection

Intrepid Sea, Air & Space Museum

Metropolitan Museum of Art

MOMA

Guggenheim Museum

Whitney Museum of American Art

* 내가 뉴욕시 웬만한 박물관은 패스가 있으니 여러 군데 들

러서 보고 싶은 것 보고 나오는 거 문제없음.

7:00~9:00 Dinner

—장소는 아래 중 하나 고르거나 원하는 거 얘기해.

The Capital Grill(크라이슬러 빌딩) 스테이크 하우스

종로회관(한인타운) 한국식 고기집

일식(장소 보고 결정)

Buddakan 중식 퓨전

관광 가이드도 아닌 그가 40년 만에 만나는 사람을 두고 시간 단위로 짠 계획 일정을 보내온 데다가 마치 메뉴판을 내어주고 주문을 기다리는 것처럼 식당 이름을 열거한 것을 보자 약간 어이가 없는 기분이 들었다. 마이애미와 키웨스트를 강행군으로 여행하고 어젯밤 일행들과 헤어진다며 마신 포도주가 과해서 그녀는 조금 피곤한 상태였다. 그를 만나기로 한 계획을 세운 게 약간 후회도 되었다.

—다 좋아요. 다만 점심은 동생네서 어머니와 먹고 가야 해요. 원래대로 2시에 만나면 좋겠어요.

그녀는 그가 보내준 리스트를 건성으로 읽고 아무거나 하시라고 대충 대답한 후에 여행용 슈트케이스를 정리했다. 다시 문자 알림 벨이 울렸다.

—뉴욕은 비 예보가 있어. 비가 안 오면 하이라인이랑 허드슨 야드도 들르면 좋은데 일단 아무래도 실내 박물관 쪽이 좋겠지. 그리고 뉴욕에 몇 번 왔었다면서? 그러면 일단 다음 중에 가본 데가 어디인지 알려주면 좋겠어.

3/22 2:00~6:30 뉴욕 관광

첼시 마켓

9/11 Memorial & Museum

(시간 예약이 30분 간격으로 있어서 다른 곳 선택에 따라 시간

조정)

자연사박물관

Cooper—Hewitt Smithsonian Design Museum

Frick Collection

Intrepid Sea, Air & Space Museum

Metropolitan Museum of Art

MOMA

Guggenheim Museum

Whitney Museum of American Art

* 내가 뉴욕시 웬만한 박물관은 패스가 있으니 여러 군데 들

러서 보고 싶은 것 보고 나오는 거 문제없음.

　그녀의 대답이 무성의하자 같은 문자가 또 온 것이었
다. 그의 성격이 원래 이랬던가? 그 부분은 잘 기억나지
않았다. 아니 억지로 기억을 떠올려본다면 그는 늘 무
심한 편이었다. 감정의 표현이 극히 적었고 무슨 생각을

하는지 알 수 없었다. 눈만은 늘 웃고 있었지만 전체적인 분위기는 엄숙한 편이었다. 그것 때문에 그녀는 자주 상처 입지 않았던가. 그녀가 현대미술관(MOMA) 빼고는 잘 모르겠다고 겨우 대답하자 그는 다시 문자를 보냈다.

—뉴욕에 여러 번 왔으면 본 데가 많을 것 같은데, 비가 온다니까 뮤지엄으로 방향을 잡는 게 좋을 듯. 그럼 자연사박물관 앞에서 보자. 거기 근처에 내 사무실이 있어. 그럼 거기 로비 공룡 앞에서!

—9/11 메모리얼 파크는 야외의 분수를 보는 게 제일 중요하니까 비가 몇 시에 오느냐에 따라 정하자!(야외는 표 없어도 됨)

—참, 동생네 주소 좀 보내줘. 혹시 시간이 되면 내가 픽업하러 가도 되니까.

계속해서 문자가 울렸다. 그녀는 약간 웃고 말았다. 그리고 동생의 주소를 보내고 나서 썼다.

—지금 새벽 3시 반이에요. 안 주무세요?

2

40년이라는 시간은 얼마나 긴 것일까. 인간이 시간을 피해갈 수 있다면, 다시 말해 아무리 시간이 지나도 변하지 않는 것을 간직할 수 있다면, 이미 영원을 사는 거라고 어느 철학자는 말했다. 그러나 그런 일이 있을까? 그런 일이 없을 테니 영원은 영원히 우리에게 도달하지 않으리라.

40년. 그래 꼭 40년이었다. 이집트를 탈출한 유대인이 광야에서 헤맨 그 시간.

이집트를 탈출한 유대인이 신이 약속한 "젖과 꿀이 흐르는" 땅까지 도달하려면 걸어서 사흘 길이라고 했다. 지금으로 치면 아주 가까운 거리였다. 그런데도 신은 그들을 광야에서 40년 동안 그 약속의 땅에 다다르지 못하게 했다고 한다. 이집트에서 살며 이교도화되었딘 수많은 습관들, 나일 강에서 나는 생선이며 오이와 수박과 부추와 파 마늘의 기억을 제거하고 다시금 유대 민족의 정체성을 찾기까지, 다시는 옛 이집트의 기억을 떠올리지 못하게 하는 데 필요한 세월이 40년이라고 했던 어린 시절 수녀님의 말씀이 떠올랐다. 40년이 지난 뒤에야 비로소 이집트에서 얻은 이교도의 습관들이 그들에게서 지워져 새 땅을 찾아갈 수 있었노라고. 그렇다면 40년은 망각의 시간이리라. 되돌리지 못하는 시간.

그러나 40년이 지나도 절대로 지워지지 않는 것들도 분명 있었다. 그날 그가 했던 말들. 칸막이가 높이 쳐져서 밖에서는 들여다보이지 않는 간이 룸이 줄지어 있던 어두운 레스토랑. 아직 여고생이던 그녀의 앞에 놓여 있던 맥주의 크림빛 거품들. 서둘러 일어나 레스토랑 문을 밀고 나왔을 때 온 우주가 쿵하고 내려앉았고 이어 온 세상이 기우뚱했다. 아마도 빈속에 마신 맥주 때문일 그 현기증들. 문득 올려다본 하늘이 일찍 어두워져 있었고 우주가 동그랗게 눈을 뜨고 그녀의 대답을 기다리고 있는 듯이 보였다. 그때 인생은 그녀에게 운명의 다트를 던지라고 강요하는 듯했다. 그녀는 그것들을 아직도 잘 기억하고 있었다. 아니 애써 기억하고 있었다기보다는 어린 시절 친구네 집 풍경들처럼 그렇게 자연스럽게 그때의 기억들은 그녀에게 수동태로 머물고 있었다. 오히려 가끔은 그녀가 그 기억을 잊어버리려고 애썼던 적도 있었다. 하지만 그 기억들은 그녀를 떠난 적이 한 번도 없었다. 그러니 그것은 수동태가 옳았다.

그리고 그 후로 오래도록 그녀는 생각했었다. 그와 내가 살아 있는 한 한 번쯤은 그와 거기에 대해 이야기할 수 있는 날이 올까? 그러면 나는 묻게 될까? 그날 그게 무슨 뜻이었어요? 하고.

그를 만나려고 마음먹었을 때, 아니 그를 만나기로 마음먹기 전에도, 아니 그가 살았는지 죽었는지조차 모르던 그 시간에도 그녀는 늘 그 마지막에 대해, 그 의미에 대해 생각했었다. 그날 열아홉 살과 스물두 살이었던 그들은 이제 노년의 입구에 서 있다. 그녀의 딸은 그때 그녀보다 거의 두 배의 나이를 먹었고 현재 임신 중이었다. 이제 곧 손주가 태어나면 그녀는 할머니가 될 것이다.

"할머니가 된다는 것은 생각보다 멋진 일 같아." 그녀는 친구들에게 늘 말해 왔었다.

"세상에서 가장 진실한 사랑이 손주 사랑이라지. 아마도 그 사랑이 가장 진실한 이유는 대상에게 사랑 말고는 아무것도 바라는 것이 없어서일 거야."

그녀는 좋아하던 릴케의 편지 구절을 딸에게 보내주었다.

사랑하는 아름아, 릴케를 소개해 줄게. 그가 보낸 편지 말이야.

사랑하는 여인 루에게.

잘 지내시오.

당신의 존재는 내가 처음 열고 들어간 문과도 같았고

신은 이 사실을 알고 계실 것이오.

나는 지금도 가끔씩 오래전에 내 성장을 표시해 두었던 문 앞으로 돌아가 기대 서 있소……

그때 내 앞에 구원이 나타났고

그것은 당신을 위한 기도였고

당신을 그리워했고

당신이 멀리서도 나를 지켜준다고 믿었기에

나는 처음으로 당신을 위해 기도했고 그 기도는 평화롭게 울려 퍼졌소.

당신과 나 이외에 어떤 사람도 내가 당신을 위해 기도한다는 것을 모르오.

이 때문에 나는 내 기도를 믿을 수 있소.

네 배 속에 새로 생긴 생명이 내게 릴케의 루 살로메 같은 사람이 될 줄이야.

그때부터 그녀와 딸 아름은 배 속 아기의 이름을 루, 라고 부르기 시작했다.

3

그녀는 요즘은 인기가 자꾸 줄어드는 인문학, 그중에서도 독문학을 가르치는 대학 선생이었다. 릴케라는 이름을 발음할 때, 그녀가 스무 살 시절에 그 이름을 발음하던 때처럼 약간의 한숨이 섞여 나오는 일은 이제는 없었다. 그렇다고 요즘 젊은이들은 꿈이 없다라든가 하는 이야기는 아니었다. 그것은 그 순순한 한숨, 먹고사는 것이라든가 취직이라든가 임용 고시라든가 이런 거말고 세상에 실용적인 쓸모라고는 없는 시인의 이름 하나에 기필코 섞여들고야 말았던 그 가벼운 탄식과 한숨에 대해 말하는 것이다. 20세기에 성장한 그녀와 달리 21세기의 젊은이들에게 그런 건 없었다. 딸 아름 역시도 그랬다. 그 탄식이라고 해야 하나 한숨이라고 해야 하나, 망설여지는 바로 그 날숨.

비행기는 화칭힌 마이에미의 푸른 하늘을 가르며 떠올랐다. 비행기 창 아래로 마이애미 해변이 보였다. 해는 이른 아침부터 이글거리며 떠오르고 그 해가 환히 비추는 해변은 한적했다. 어젯밤까지 저 마이애미 거리에서 세상 마지막이 닥칠 듯이 젊은이들은 오징어처럼 몸을 비틀어댔다. 관능은 터져버릴 듯, 손바닥만 한 수영복 밖으로 비져나오고 있었다. 벗음으로써 관능을 실현하고 싶던 그들은 오히려 너무 많이 벗어서 이미 관능을 포기하고 있었다. 마이애미 밤거리에서는 옷을 많이 입은 쪽이 어쩌면 훨씬 섹시했다. 이제 그 관능에 겨워 몸부림치던 젊은이들은 깊이 잠들어 있으리라. 그들의 춤은 그들의 음주는 그들의 풀어진 동공과 헐벗은 몸으로 거리를 휩쓸고 다니던 그들의 배회는 오히려 절박한 구조 신호처럼 보였다. 그녀는 안다. 허무가 기습할 때 인간의 방황은 더 노골적이 된다는 것을. 그리하여 메워지지 않을 공허는 낮 뒤에 내리는 저녁처럼 당연해진다는 것을. 그것은 목마른 사람이 바닷물을 들이켜는 절망과 같았다. 알면서도 하는 것이다. 지독한 자기혐오는 당연했다. 언젠가의 그녀도 그 젊은이들처럼 방황했었다.

그것은 어떤 젊은 날의 한 파편이었을까. 언젠가 밤새워 술을 마시고 큰길로 나설 때 가끔 저 멀리서 푸른 새벽이 어리고 있었다. 취해서 길가에 쓰러진 사람들 너머로 보이는 그 새벽은, 땅속에서 잘못하여 머리를 지상으로 내민 무의 대가리처럼 푸르렀다. 어둡고 음습한 곳에서 나온 그녀는 그 빛이 아팠고 생각해 보면 비스듬히 떠오르는 겨울 해의 빛에 푸르게 멍들었다. 쉴 새 없이 쓴 침이 역류해 왔고 쓰레기 더미들 옆에서 토하며 울었다. 그 무 대가리같이 푸른, 너무 일찍 지상으로 머리를 내민 자에게 내려진 시퍼런 멍 같은 그 새벽 때문이었고 무엇보다 젊고 정처 없었기 때문이었다. 젊은 날 몸과 마음은 터무니없이 격렬해서, 마치 과속하는 자동차처럼 아주 짧은 시간에도 치명적인 접촉 사고를 일으키곤 했다. 그런 접촉 사고들로 그녀의 마음은 마흔이 되기도 전에 더 다칠 자리가 없을 정도로 상처 입었었다. 삶이 자신을 시멘트 바닥에 대고 철썩철썩 패대기치는 것 같았다. 아픈 촉각보다 힘겨웠던 것은 제 귀로 들어야 했던 그 명백한 고통의 소리였을지도 모르겠다.

그녀는 습관처럼 핸드백에서 돋보기를 꺼내 쓰며 기내 잡지를 집어 들었다. 그리고 생각했다. 이제 너무 늙고 그리고 너무 많은 책을 읽었는지도 모르겠다고. 어쩌면 그녀는 어깨를 짓누르는 옷 따위 벗어던질 수 있는 마이애미의 젊음을 질투하고 있는지도 몰랐다. 사랑은커녕 격렬한 미움조차 가지지 못하고 시들어가는 자신의 인생은 그 겨울에 끝났다고 그녀는 오랫동안 생각해 왔었다. 열아홉 살 이후로 그녀가 했던 단 한 번의 모험은 사랑이 아니라 이별이었는데 그조차도 그녀의 남편이 하시시에 중독되었다가 그만 헤어지자는 그녀의 요구에 순순히 응하지 않았다면 어쩌면 그녀에게는 일어나지 않았을지도 모른다. 그 이혼조차도 그녀에게는 그저 덤덤한 일상의 연장이었다. 한번도 그와 애틋하지 않았던 것처럼 이별 속에 흔한 격정이 없었다. 미움조차 없었다. 그에게 1년치의 방값을 지불해 주었으니까.

40년 전 그해의 추웠던 여름, 농작물들이 냉해를 입었던 그해 여름처럼 그렇게 추운 여름이 있듯이 단 한번도 뜨겁지 못했던 인생이 있는데, 하필이면 그것이 자신의 생이라고 생각되었다. 그렇게 잃어버린 젊음 때문에 그녀는 단 한 번도 젊지 못했고 따라서 늘어가지도 못했다고 생각해 왔다. 방부 처리된 낱말들처럼 너무 조숙해서 성숙해지지 못한 애어른처럼.

어젯밤에는 포도주를 마시다가 그녀는 일행들과 떨어져 먼저 방으로 돌아왔다. 따뜻한 차를 한잔 마시고 침대에 누우려다 바로 잠들지 못할 것 같아 언제나처럼 얇은 시집을 열었다. 나희덕의 시였다.

> 제 마른 가지 끝은
> 가늘어질 대로 가늘어졌습니다.
> 더는 쪼개질 수 없도록.
>
> 제게 입김을 불어넣지 마십시오.
> 당신 옷깃만 스쳐도
> 저는 피어날까 두렵습니다.
>
> ─「어떤 나무의 말」

무언가가 가슴 한구석을 톡하고 치며 지나갔다. 그녀 자신조차 열어보지 못한 오래된 봉인이 뜯기는 듯 가슴 저 밑이 얇게 저미는 듯 낯선 통증이 왔다. 그녀는 자기도 모르게 가슴 언저리에 손을 댔다. 경험상 그리 좋지 않은 징조였다. 결국 그녀는 냉장고 미니 바에서 작은 위스키를 꺼내 따라야 했다. 창밖으로 보이는 마이애미 해변은 화사했고 누군가가 치는 피아노 선율이 들려오는 것 같았다. 에릭 사티의 〈짐노페디〉. 그해 크리스마스 파티에서 그가 에릭 사티의 〈짐노페디〉를 연주했던가. 그녀는 핸드폰을 들어 메모를 했다.

얼마 만일까.
낯선 도시의 창가에 앉아 위스키를 마신다.
머릿속에서 울려오는 기억 속의 피아노 선율은 훌륭하고
사람들은 저 불빛들이 켜진 창 안에서 저마다 뒤적이겠지.

안녕 고독!
오래되고 창백하며 따스한 내 친구

그녀는 창가에서 시집을 넘겼다.

한때 나는 뿌리의 신도였지만
이제는 뿌리보다 줄기를 믿는 편이다

줄기보다는 가지를,

가지보다는 가지에 매달린 잎을,

잎보다는 하염없이 지는 꽃잎을 믿는 편이다

희박해진다는 것

언제라도 흩날릴 준비가 되어 있다는 것

—나희덕, 「뿌리로부터」

—승객 여러분, 이 비행기는 뉴욕 뉴어크 공항까지 가는 비행기입니다.

뒤늦게 핸드폰을 비행기 모드로 돌리려는데 두 통의 문자가 도착해 있었다. 한 통은 딸아이에게서였다.

—엄마. 순천 금둔사에 홍매화가 피었어. 오늘 새벽에는 꽁꽁 언 흙 속에서 수선화 구근들이 뒤척이겠지. 매미 유충이 기지개를 켜는 소리와 배추흰나비 번데기에 첫 균열이 가는 소리…… 온 땅이 두근두근거리며 새싹! 새싹! 하기에 하도 시끄러워 잠을 설치고 말았어.

그런데 새벽. 엄마 무슨 일이 일어났는지 알아?

내 배 쏙의 루―그러니까 엄마 손주―기 땅이 두근거리는 소리에 발걸음을 맞추어 내 배를 딛었다니까.

엄마 생각하면서 조금 울었어.

엄마가 날 배 속에 넣고 이런 느낌이었겠다 싶었지.

남자들은 죽었다 깨어나도 알 수 없을 이 신비.

내 안에 또 다른 우주가 들어 있는 것 같았어.

어떻게 생명 속에 또 생명이, 와우!!!

처음으로 엄마, 처음으로 내가 여자라는 사실이,

내가 자궁을 지니고 있다는 사실이,

처음으로, 처음으로 기뻤어.

오늘 뉴저지로 가지? 할머니께도 안부를…… 좋은 여행!

딸이 보내온 메시지에는 짙붉은 피를 토해놓은 듯한 홍매화가 피어 있었다.

그리고 다른 문자가 하나 더 있었다. 그였다.

―뉴욕은 추워. 영하 2도에 강풍이 불고 있다고. 따뜻하게 입고 오는 거지? 혹시라도 2시 이전인 점심에 맨해튼으로 나올 수 있다면 문자 줘. 내 사무실이 센트럴 파크 옆이니까 점심 제공도 가능. 잘하면 픽업하러 갈 수도 있고.

그제야 그녀는 어젯밤부터 오늘 아침까지 그녀에게 머무는 얇고 가녀린 통증의 정체를 알아차렸다.

멀리 고국의 남쪽에서 결국 홍매화가 피어났구나, 땅 깊은 곳에서 수선화와 히아신스 구근이 어깨를 우쭐거리고 매미 유충이 기지개를 켜고 배추흰나비 번데기가 균열을 일으키고 딸 배 속 손주의 발이 제 에미의 태를 딛고 행진했으니까. 온 세상에 덮인 땅의 모든 혈관에 새싹! 새싹! 맥박이 뛰었고 그래서 늙은 자신에게는 저 시들이, 이 아침이 끔찍했구나. 희미한 봄밤의 향기가 묻어와서. ……늙어가는 이에게 깨어나는 봄은 얼마나 잔인한 일인지. 게다가 생의 봄날 그녀를 온통 차지했던 한 사람이 뉴욕에서 그녀를 기다리고 있다니.

그녀는 한 손으로 약간 열이 있는 자신의 이마를 짚었다.

공항에는 동생이 나와 있었다. 뉴어크 공항은 처음이었는데 존 F. 케네디 공항보다 작아서 오히려 편안했다.

"많이 피곤해 보이는데 괜찮아?"

동생은 그녀보다 열 살이나 어렸다. 그녀를 낳고 몸이 약해진 어머니가 계속되는 유산으로 아이들을 여럿 잃은 탓이라고 했다. 열 살까지 홀로 자란 그녀는 그래서 일찍 언니스러움을 배우지 못했고 내내 외둥이처럼 굴었다. 오히려 어머니가 여동생을 낳고 연년생으로 남동생까지 낳은 후부터는 여동생이 가끔은 그녀보다 더 언니 같았다.

"점심 뭐 먹고 싶어?"

주차장 쪽으로 걸어가며 동생이 물었다.

"엄마는 뭐래?"

그녀가 묻자 동생이 대꾸했다.

"기다리고 계셔. 어제 한국 슈퍼에 가서 잔뜩 장을 봐다 놓긴 했는데 언니 오면 결정하자고 하던데."

"엄마는 여전하지?"

여전하다는 말의 의미를 두 자매는 서로에게 더 설명하지 않았고 그래도 서로 다 알아들었다.

"여전하지, 몹시."

동생은 의미심장하게 웃었다.

"엄마에 대해선 네게 늘 미안해."

그녀는 동생의 작은 차에 여행용 가방을 싣고 차에 올라타며 말했다. 그때 갑자기 비를 품은 폭풍 같은 바람이 휘익하고 몰아쳤다. 그녀는 자기도 모르게 코트를 여미며 몸을 움츠렸다. 동생은 딱히 대꾸하지 않았다. 힘들고 버겁다는 의미 같았다. 절대로, 한국에 돌아가고 싶지 않다, 내 눈에 흙이 들어가기 전에는 한국에서 살기 싫다는 엄마의 태도가 그나마 맏딸인 그녀의 체면을 겨우 살려주고 있다고 할까.

"마이애미는 따뜻하지?"

빗줄기가 거세지자 동생은 와이퍼를 작동시키며 말

했다.

"따뜻하긴? 덥지……."

"대답해 줘, 오늘 점심 뭐 먹고 싶어?"

"음, 나 라면이 먹고 싶어. 한국 라면 매운 거."

동생은 시동을 걸며, 라면? 하고 되묻더니 유쾌하게 웃었다.

"그러자, 그러자구, 뭐 어려운 일이라고."

오랜만에 본 어머니는 더 늙고 작아져 있었다. 숱이 적어진 머리를 검게 염색하고 부풀려 틀어 올린 어머니는, 작고 아담하나 거의 완벽한 비율의 몸매를 가졌다고 오랫동안 스스로 주장하고 있었다. 그리 예쁘거나 미인은 아니었지만 늘 자신을 잘 가꾸고 꾸미고 있었기에 사람들은 그녀가 아름답다고 말하기도 했다. 어쩌면 그녀가 그 말을 가장 듣고 싶어 했기 때문에 그랬을지도 모른다. 하지만 그 나이의 여자들 치고, 의외로 길고 가는 다리는 매력적이긴 했다. 예전 유학 시절에 서양 남자들이 엄마를 보고 긴 다리의 참새 같다고 했다는 말은 두 자매에게는 오히려 진부한 이야기였었다. 도도하던 엄마의 표정은 많이 부드러워져 있었다. 그러나 그녀는 어머니를 만나자 반가운 마음과 함께 가슴 저 밑바닥에서 조여지는 긴장도 동시에 느꼈다. 이 평화는 이 기쁨은, 이 반가움 이 그리움이 무너져내리는 데는 늘 이틀이면 충분했다. 그러나 그렇다 해도 그 재회가 반갑지 않은 것은 아니었다. 그녀의 말대로 라면을 끓여 세 모녀는 둘러앉았다. 한국 마트에서 사왔을 김치를 내놓고 식탁에 앉아 매운 라면을 먹고 있으려니 문득 그날들이 떠올랐다.

그해 오월. 아버지가 끌려가고 나서 어머니는 앓아누웠다. 광주에서는 학살의 흉흉한 소문이 들려와 온 도시에 검은 안개처럼 퍼졌고 당겨진 통금 시간 때문에 학교는 오후 2시면 아이들을 집으로 돌려보냈다. 집으로 돌아오는 버스 차창 밖으로 광화문 거리에 탱크가 서 있고 총을 든 군인들이 서 있던 시절이었다. 그들에게 말을 붙여보지는 못했으나 같은 한국말을 할 리가 없을 듯싶었다. 그들은 야만의 식민지를 점령한 제국의 군대처럼 위압적이었다. 거리의 사람들은 모두 거센 폭풍우 앞에서 그러하듯 어깨를 움츠리고 몸을 최대한 작게 만들며 걸어갔다. 집으로 돌아오면 어머니는 창마다 드리워진 검은 커튼을 모두 내리고 독일 항공 루프트한자 마크가 새겨진 검은 안대를 눈에 올린 채 자고 있었다. 간밤에 과용한 수면제 때문에 잠에서 깨어나지 못한 탓이었다. 날이 어둑해질 때면 그녀가 동생들을 위해 라면을 끓여놓고 엄마를 깨웠다.

그해 오월이 가고 다가온 여름은 추웠다. 몇백 년 만에 찾아온 추운 여름이라고 했다. 아무도 아버지라는 단어를 발음하지 못했다. 그 이후로 아버지는 다시는 그 식탁으로 돌아오지 못했으니까. 그렇게 둘러앉은 식탁이 갑자기 어두운 기억을 가르는 번갯불처럼 아주 짧게 그러나 선명하게 떠올랐던 것이었다.

"키웨스트까지 다녀왔니?"

라면에 커다란 배추김치를 얹으면서 어머니가 물었다.

"응. 거기서 이틀 묵었어요."

"헤밍웨이 집도 가봤지? 그게 아마 두 번째 부인하고 살기 위해 지은 집이었을 거야. 고양이들도 참 예쁘지."

"참 예쁘더라. 발가락이 여섯 개인 것도 신기했고 소박하고 근사했어요."

"헤밍웨이가 처음 키운 고양이가 발가락이 여섯 개인

돌연변이였는데 그 애의 자손들이 그렇게 늘어난 거야. 아마 그 고양이들 때문에 두 번째 부인하고도 많이 다툰 것 같던데."

"지금은 50마리라고 하더라구. 그런데 참 하나같이 다 이뻐."

어머니는 그녀보다 영어를 잘했다. 어머니는 식민지를 거치며 일본어도 잊지 않았고 독일어 실력은—특히 발음은—그녀보다 좋았다. 교양도 많았다. 끝없이 늘어놓는 자기 자신의 외모에 대한 과신과 가끔씩 탱크처럼 몰고 들어오는 자기 확신에 의한 폭력적 고집만 없다면 참으로 멋진 할머니였다. 무엇보다 이렇게 이야기를 나눌 수 있는 할머니였던 것이다. 하지만 거기서 말을 끊지 않으면 또 헤밍웨이의 세 번째와 네 번째 부인 이야기가 나올 것이었다. 가끔 어머니는 그들을 질투하고 있는 듯도 했다. 헤밍웨이 이야기나 헤르만 헤세 이야기가 나오면 늘 그들의 결혼 횟수를 문제 삼아 맹렬히 비난했기 때문이다. 그녀가 말을 돌렸다.

"……거기서 『무기여 잘 있거라』를 썼다고 하던데?"

"그랬을 거야 아마. 니 아빠랑 내가 젊었을 때 사람

들이 나더러 〈무기여 잘 있거라〉에 나오는 제니퍼 존스를 닮았다고 했었는데……. 그때 내 허리가 22인치였거든."

아무튼 헤밍웨이와 헤세의 결혼 횟수와 그 부인들을 말하기 전에 화제를 바꾼 것은 잘한 일인 것 같았다.

"언니 밥 줄까? 말아 먹지 않을래? 라면에는 그저 찬밥이 제격이야."

동생이 문득 일어나 이 모든 분위기를 가르듯 말했다. 그녀가 먼저 라면을 먹던 젓가락을 내려놓았다.

"아니."

그녀는 짧게 대답했다.

어머니의 말은 이어졌다.

"살이 자꾸 쪄서 큰일이야, 난 밥 줘. 오랜만에 라면 먹으니 맛있구나. 이게 칼로리가 보통 높은 게 아니던데."

문득 밥을 가져다 식탁에 놓는 동생과 그녀의 눈이 마주쳤다. 어쨌든 오늘은 뉴저지에 도착한 첫날이다. 아무리 그래도 어머니인데 5년 만에 만나 아직 한 시간도 지나지 않았다. 그러니 아직 침착해야 한다고 그녀는 생각했다.

옛날과는 달라서 짧은 문자 메시지로 수없이 서로의 안부를 전했고 화상통화도 해왔기 때문에 5년 만에 만났다고는 해도 그리 궁금하거나 한 일은 없었다. 그러나 막상 점심을 먹고 난 후 학교에서 돌아온 조카 제니를 보자 지금까지 세 모녀의 재회가 얼마나 어색한 것이었는지 새삼 실감이 났다. 제니가 집안에 나타나고 나서야 진심 어린 재회의 기쁨이 솟아올랐으니까. 갑자기 아까부터 그들의 대화에 끼어들던 시계 소리가 사라지고 집안 공기가 탱탱해지는 것 같았다. 대학 입시를 준비하는 제니는 발레리나 지망생이었다. 다리가 동양인보다 한 뼘이나 긴 서양 아이들과 경쟁하는 것 자체가 불가능할까 싶어 동생은 늘 걱정이었는데 오랜만에 만난 조카 제니는 키가 더 자랐고 이루 말할 수 없이 우아해져 있었다. 검고 숱이 많은 싱싱한 머리칼이 가슴 아래까지 쏟아져내리고—젊은이들의 머리는 흘러내리지 않고 쏟아져내린다—다리는 제 외할머니의 영향인지 길고 가늘었다. 동양인도 서양인도 아닌 신인류 같았다.

"우와, 우리 제니 김연아보다 이쁘다."

제니는 방긋 웃으며 그녀에게 안겼다.

"땡큐 이모, 반가워요. 웰컴 뉴저지."

제니를 와락 안아주며 그녀는 문득 자신이 순수한 젊음, 순수하고 단단한 아름다움을 만지고 있다는 느낌을 가졌다. 제니를 안으며 처음으로 그녀의 어깨 그녀의 가슴 그녀의 팔 근육의 탱탱함을 의식했던 것이다. 그것은 참으로 드문 일이었다. 딸에게서도 느껴보지 못한 감정이었다. 순수하게 아름답다는 것, 순수하게 젊다는 것, 불순물이 아주 적은 그 자체로 존재한다는 것. 그 자체를 순수하게 느낀다는 것.

열일곱, 그녀는 딱 제니만 한 나이였다. 그때 그녀는 자신의 몸이 어떻게 생겼는지 본 적이 없었다. 긴 머리를 둘로 땋아 내리고 헐렁한 교복을 입거나, 그도 아니면 헐렁한 티셔츠에 청바지 차림이었다. 가끔 원피스를 입고 모자를 쓴 사진도 남아 있기는 했다. 그러나 몸에 대한 기억은 없었다. 몸은, 여자의 몸은 그때 그녀 나이에 한국에서는, 바라보지도 못할 금기였다. 어쩌면 아직도 그녀에게 그녀 자신의 몸은 그랬다.

"이모, 할머니 발레 한다."

제니는 동생이 마련했다는 인삼가루에 우유를 섞어

마시며 말했다.

"늙으면 모든 게 처진다면서 모든 걸 위로 올리는 발레가 노년에 맞다고 하시면서 말이야. 우리 할머니는 정말 똑똑하셔. 그런데 문제는 발레만 따라 하는 게 아니라 내 먹는 것까지 뺏어 드신다는 거야."

제니가 까르르 웃었다. 마침 그때 어머니가 부엌으로 나와 인삼가루에 우유와 꿀을 넣고 있는 것을 보았던 것이다.

"너만 날씬하고 예뻐지려고 그러니? 요 망할 것! 할머니는 네 나이 때 너보다 발목이 더 가늘었어."

어머니가 말하자 제니는 다시 까르르 웃었다.

"날씬해지려면 라면을 드시지 말았어야지, 할머니."

"그러니까 말이다. 나 젊었을 때는 아무리 먹어도 허리가 한 줌이었는데."

그녀는 문득 왜 5년이라는 시간 동안 미국에 오고 싶지 않았는지 깨달았다. 이번에는 이틀도 못 가서 지난번 방문했을 때 그랬던 것처럼 사소한 말다툼 끝에 "됐어, 나 근처 호텔로 가서 머물다 서울로 그냥 돌아갈게. 공항에도 나오지 마. 공항에는 택시로 갈 거야"하며 허름한 호텔로 짐을 싸서 옮기게 될지도 몰랐다. 언제나

제 언니와 어머니의 대립이 피곤하고 신경 쓰이는 동생이 끼어들었다.

"언니, 약속 장소가 어디야? 오늘 금요일이라 서둘러야 해. 제니 레슨 데려다주면서 언니도 데려다줄게. 피곤할 텐데 좀 씻고 나와."

그녀는 제니와 동생을 따라 자리에서 일어났다.

그녀는 욕실의 커다란 거울에 비친 자신의 나신을 보았다. 생생했던 쇄골이 살찐 어깨 속으로 얼마간 사라지고 전체적으로는 파리했는데 가슴만은 소녀의 그것처럼 분홍빛이고 탄탄했다.

"이미호 선생 가슴이 성말 이뻐. 그거 알아요? 아이를 낳고도 저렇게 젖꼭지가 분홍인 사람들은 성적으로 엄청 매력이 있다는데?"

어느 날 온천에서 영문과의 박 교수가 말을 건넸을 때 얼결에 타월로 자신의 가슴을 가리면서 부끄러워했던 기억이 났다. 그 이후로 온천이나 공중 욕실에 갔을 때 그녀는 몰래 자신의 가슴을 거울에 비추어 보았고 또 몰래 다른 이들의 가슴을 훔쳐보았다. 정말 얼굴만큼이나 젖꼭지의 빛깔이 다르다는 것을 안 것은 오십이 넘어선 최근의 일이었다. 그러나 그뿐, 그녀는 한 번도 자신의 몸을 자세히 본 적이 없다. 다른 여성의 몸을 바라본 일도 없었다. 벗은 몸이란 언제든 다시 옷을 입혀야 하는 부끄러운 무엇이었을 거다. 신혼 시절 남편과 잠자리를 하고 나서 샤워를 한 후 브래지어까지 입고 나오는 그녀를 남편은 어이없다는 듯이 바라보곤 했다. 그녀에게 벗은 몸은 불안했다. 순결교육을 받은 그녀 세대의 강박이었을지도 모르는데, 어느 날 여자 친구들과의 모임에서 그런 이야기를 나누다가 그것은 단지 교육의 문제라기보다 성격의 문제이기도 하다는 것을 알게 되었다. 하기는 팔십이 넘은 그녀의 어머니는 지금도 자신의 허리와 다리가 얼마나 날씬한지 쉬지 않고 그녀들에게 말해 오지 않았던가.

샤워기를 틀어놓고 그녀는 자신의 몸을 평소보다 오래 바라보았다. 젊은 날의 몸을 본 일이 없어서 자신의 몸이 얼마나 무너졌는지 알 수 없었다. 아니, 다시 바라보니 자신의 알몸이 생각보다 아름다웠다. 그런 생각을 해보기는 처음이었다.

샤워를 마치고 거실로 나오자 어머니가 제니와 앉아

있었다. 제니의 눈빛이 이상하게 곤혹스러워 보인다고 생각한 순간, 어머니가 심각한 얼굴로 그녀를 향해 고개를 돌렸다. 탁자 위에는 손바닥만 한 아기 옷이 놓여 있었다. 분홍빛 털실로 짠 케이프였다. 망토처럼 두르게 되어 있고 역시 분홍 폼폼으로 만든 방울이 달린 끈으로 여미게 되어 있었다. 제니가 죄책감에 겨운 눈길을 떨어뜨렸다. 조카는 이모가 온다니 용돈을 모아 아이 옷을 샀을 것이다. 자주 본 적은 없으나 제 이종사촌이 아이를 가졌다니까 설레고 기뻐서 그랬을 것이다.

"제니가 말해서 처음 알았다. 아름이가 애를 낳는다고? 결혼은?"

어머니가 물었다.

그녀는 자기도 모르게 약간 꿈결처럼 폭신거리는 조그맣고 아름다운 케이프를 안아 들면서 먼저 조카 제니에게 미소를 지었다.

"참 예쁘다, 제니야."

그녀는 제니에게 아름이 배 속에 든 아이가 남자라는 말을 하지는 않았다. 하기는 남자아이에게도 이 연분홍 케이프는 예쁠 것이다. 제니가 '이모, 미안해. 그럴 뜻은 아니었는데. 고마워'라고 하는 듯 복잡한 표정을

지어 보이더니 난처한 듯 자리를 떴다.

"결혼을 한 게 아니지 않니?"

어머니가 다시 물었다.

"안 한대."

그녀가 짧게 대답했다. 낙담과 경멸과 분노가 섞인 한숨이 어머니의 입에서 짧게 흘러나왔다. 어머니는 진보라색 끈으로 질끈 묶게 되어 있는 가운처럼 생긴 공단 실내복을 여미며 다시 말했다. 처음 아름 아빠를 만나 결혼하겠다고 독일에서 방학을 맞아 한국으로 돌아갔을 때 어머니 표정이 저렇긴 했었다.

"어떻게 된 거야, 대체 이게 무슨 날벼락이냐? 미국도 아니고 한국에서 그게 가당키나 한 말이냐?"

"미국도 아니고 독일도 아니고 한국에서 요즘 그러기도 해."

"너네 고모들이랑 작은집에서 너 이혼했다고 얼마나 야단을 해댔는데 한국에서 미혼모라니 대체⋯⋯. 왜 수녀님들이 하는 데 있잖아, 내가 어디서 들은 것 같아. 거기서 좋은 신자 집안에 입양을 보낸다고."

"엄마!"

그녀가 언성을 높였다.

"왜 꼭 어미가 키워야 하니? 아직 어린애일 때 제대로 된 신자 집에 입양을 시키고."

"그 아이는 아름이 아이고 우리의 아이야. 우리가 돈이 없는 것도 아니고 몸이 아픈 것도 아닌데 왜 남에게 아이를 맡겨?"

"그럼 미혼모가 되겠다고 하는 걸 그냥 보고만 있단 말이냐?"

"마리아도 미혼모였어, 엄마."

도착한 지 얼마 되지도 않아 어머니와 언성을 높일 것 같아 약간 비겁하지만 그녀는 어머니의 신앙심에 대고 직접 말을 했다. 어머니는 벌어진 입을 다물지 못했다. 그러고는 입술을 앙다물면서 잠시 후 다시 무슨 말인가 하려 했다. 그녀가 말을 막았다.

"요셉은 좋은 사람이었고 하느님이 꿈까지 꾸게 해서 마리아를 내치지 않았지만, 아름이 애 애비는 그럴 생각이 없고 그래서 아름이는 그냥 혼자 아이를 낳기로 한 거야."

"어디다 대고 성모님을 갖다붙이니? 얘가……. 응, 말렸어야지!"

어머니는 언성을 높였으나 확실히 한풀 꺾여 있었다.

"엄마, 아름이 서른넷이야. 엄마가 이미 세 아이의 엄마가 되었던 그 나이."

그녀는 낮게 덧붙였다. 그러고는 치밀어 오르는 격정을 가라앉히며 혼자서 가만히 숨을 골랐다. 더는 말하지 말아야 하는 그런 말을 하지 않으려고 말이다.

"그래서? 엄마는 행복했어? 기어이 독일에서 정착하지 않고 박사학위를 받고 한국으로 돌아온 아버지를, 적당히 모른 척하지 않고 독재에 항거했던 아버지를, 독재자 박정희를 총으로 쏜 김재규를 사형하지 말아달라는 연판장에 서명했다는 이유만으로 끌려가 피투성이가 되어 돌아온 아버지를, 그래서 대학에서 잘리고, 그리고 고문받아 병들었던 아버지를 엄마가 어떻게 했는데? 아버지가 끌려가고 난 뒤 그 추운 여름에 엄마는 우리에게 밥 한번 해주지 않았잖아. 아버지가 돌아와 앓고 있을 때 엄마는 매일 집 밖으로 나갔어. 엄마가 고용한 싸구려 임금을 받는 할머니가 아침에 와서 밥을 해놓고 가면 골방에 누운 아버지와 우리는 하루 종일 그걸 먹었어. 엄마가 말했잖아. 너무 싫어 이런 거, 너무 싫어. 독일에 있을 때 나는 교수들의 파티에 가장 많이 초대받는 여학생이었는데! 아버지가 오랫동안 고통받는 와중에도 끊임없이 그런 헛된 말을 하며 수면제를 먹고 자는 엄마 옆에서 아버지는 한밤중 외로이 죽어갔어. 옆방에서 자던 내가 달려갔을 때 이미 아버지는 떠난 후였지. 아버지의 고통을 외면하고도 엄마는 그토록 깊이 잠들 수 있는 사람이었던 거야. 옆방에서 자던 내게도 들린 아버지의 그 마지막 비명이 엄마에게는 들리지도 않았어. 나는 그런 결혼이 싫었어. 그런데 이제 와서 나와 내 딸에게까지 그걸 권하는 거야?"

그녀는 입을 다물었다. 그러자 그때 향수 냄새를 풍기며 외출하는 엄마가 나간 문을 바라보며, 열아홉 살 그녀가 했던 생각이 너무도 선명히 떠올라왔다.

'저런 엄마가 되지 말자, 아이들 앞에서 열네 살짜리처럼 투정을 부리며 나 몰라라 도망 다니는 거, 이런 거 너무 싫어, 이런 거 너무 싫어, 징징거리는 그런 엄마는 되지 말자.'

"이모, 시간 됐어요. 할머니 다녀오겠습니다."

눈을 들어보니 외출복 차림의 동생과 제니가 서 있었다.

"엄마 다녀올게요. 차가 막히지 않으면 금방 돌아올 거야."

차에 올라타자 제니가 밝게 물었다.

"자연사박물관이야? 거기 로비의 공룡 앞?"

"그래 제니야, 여기서 먼가?"

그녀가 되묻자 제니가 까르르 웃었다.

"아니 그리 멀지는 않아요. 와아, 이모 오늘 첫사랑 만나신다면서요? 너무 낭만적이다. 자연사박물관의 공룡 앞이라니……. 그거 누가 정한 거야? 아마도 문학교수이신 이모가? 나도 이 다음에 늙어서 첫사랑더러 거기서 만나자고 해야겠다. 만난 지 아무리 오래됐어도 공룡만큼이야 오래될 리가 없으니."

"제니, 벌써 첫사랑을 했어?"

그녀가 묻자 동생이 어이가 없다는 듯 말했다.

"그럼, 벌써 다섯 번째 남자친구야."

제니가 제 어미의 말을 가르며 대꾸했다.

"헤어지려고. 별로야. ……이모, 실은 나 전전 남자친구가 너무 보고 싶어."

잠시 영문 모를 침묵이 계속되다가 그녀와 동생은 누가 먼저랄 것도 없이 웃었다.

"뭐 전전 남자친구가 보고 싶다고?"

동생이 물었다.

"응, 내가 정말 사랑한 사람은 그 애가 아닐까?"

제니는 심각했다. 그녀는 잠시 웃다가 말을 돌렸다.

"제니야, 발레 힘들지 않아?"

"힘들어."

제니는 금세 답했다.

"그래 힘들겠다. 발끝으로 서서 중력하고 싸운다는 게 어쩌면 자연하고, 어쩌면 자기 자신하고 싸우는 거잖아."

"이모, 발끝으로 춤을 추는 건 힘든 거 아니야. 제일 힘든 건 무대에서 다른 아이들이 춤출 때 뒤에서 멈춰 서 있는 거야. 그런데 우리 발레 선생님이 그랬어. 그 멈춰 서 있는 것도 춤이라고……."

"언니, 그 사람과 계속 연락했던 거야?"

발레 교습소 앞에서 제니를 내려주고 나서 한국인이 많이 사는 플러싱을 통과한 차는 퀸스브로 다리 인근으로 들어섰다. 눈앞에 맨해튼의 높은 빌딩들이 거대한 쥐라기의 나무처럼 다가서고 있었다. '그 사람'이라는 대명사가 귀에 거슬렸다. 하기는 이제 그녀조차 그를 무어라 불러야 할지 알 수 없었다. 페이스북에서 가끔 대화를 주고받을 때 이리저리 지칭어를 피해가고 있었기 때문이었다.

"신기하다. 오늘이 금요일이라 엄청 밀릴 거라 생각했는데 이 정도면 차가 거의 없는 거야."

"그래? 다행이다."

"30분이면 자연사박물관 앞에 도착하겠어. 약속 시간보다 많이 이를 텐데 괜찮아?"

"응, 상관없어. 실내에 들어가 있으면 되니까."

박물관 앞에 다다를 즈음에는 내리던 비가 멎어 있었다. 대신 바람이 몹시 불고 높다란 빌딩들 사이로 짙은 구름이 드리워져 있었다. 3월 중순이었지만 겨울의 한복판처럼 추웠다.

"날씨가 너무 춥다. 옷을 얇게 입었는데 어쩌지? 그래도 명색이 3월인데 너무하다. 한국엔 매화도 피었다던데."

"여긴 날씨가 기본이 지랄이야."

동생은 자신도 모르게 지랄이라는 비속어를 썼다고 생각했는지 피식하고 웃었다.

"계속 연락하고 있었던 거야?"

동생이 다시 물었다. 이번엔 주어가 없는 물음이었는데 그녀도 되묻지 않았다. 이제 그를 어떤 호칭으로 불러야 하나 그녀도 동생도 사실 알 수 없었기 때문이었다.

"아니야⋯⋯. 얼마 전 기적적으로, 음 그래 기적적으로 재회했어. 내가 페이스북 시작한 지 얼마 안 됐잖아. 그런데 어느 날 건너 건너 건너 연락이 닿았어. 페이스북이라는 게 원래 헤어진 친구들을 연결하려고 만든 거였다더니⋯⋯. 어느 날 '알 수도 있는 사람' 리스트에 그 사람 이름과 얼굴이 떴길래 처음엔 내 눈을 의심했지. 세월이 많이 지났는데 얼굴을 알아보겠더라구. 내가 먼저 말을 걸까 어쩔까 하는데 친구신청을 해왔더라구, 그래서."

동생은 고개를 끄덕이더니 다시 물었다.

"결혼은 했구?"

"응."

그때 그녀는 동생의 입술 사이로 희미한 한숨 같은 것을 느꼈지만 내색하지 않았다.

"뭐 하시는데?"

"몰라."

"애들은 있어? 와이프는 누구야?"

그녀가 문득 웃었다.

"페이스북에 봤더니 애가 넷이야, 그건 알아. 그리고 와이프는 누구냐면…… 아마도 여자겠지."

별로 재미있지도 않은 농담인데 동생은 까르르 웃었다.

"애가 넷? 참 열심히 사셨구나. 그런데 요즘 세상에 어떻게 그렇게 아무 연락도 없이 살았어? 두 사람 다, 참."

"그러게……, 그러네."

그녀는 바보처럼 대답했다. 그러고 보니 그에 대해 아

는 게 하나도 없었다. 어떻게 요즘 같은 세상에 살았는지 죽었는지도 모르고 살았을까 말이다. 그나마 최근에야 페이스북을 통해 그가 뉴욕에 산다는 것, 자전거 타기를 좋아한다는 것은 알았다. 그는 자주 올리지는 않았지만 휴가 때마다 자전거를 타는 자신의 사진을 포스팅했다. 가끔은 아이들과 손주 사진도 올렸다. 포스팅으로 미루어 짐작컨대 아들만 넷인데 아마도 그중 둘은 결혼을 해서 이미 손주들이 있는 것 같았다. 이제 갓 육십인데 남들보다 많이 이르다고도 할 수 있었을 것이다.

"나도 페이스북에서 그분을 찾아봐야겠다. 요셉이라는 세례명을 쓰고 있겠지? 어린 내가 봐도 참 예쁘게 생기셨던 학사님이었는데."

동생의 차에서 내렸을 때 바람은 사방에서 불어대고 있었다. 문을 닫으려는데 동생이 창문을 열고 소리쳤다.

"너무 춥다, 이거 받아 언니!"

동생은 제가 두르고 있던 큼직한 검은색 니트 스카프를 열린 창으로 던졌다. 빌딩 사이의 거센 바람은 그마저도 날려버려 마치 날아가는 연을 잡듯 몇 걸음 뛰어 스카프를 잡아 낚았다. 아직 이 추위가 잘 실감나지 않았는데 검은색 니트 스카프를 머리부터 뒤집어쓰자 따뜻했다.

동생은 떠나다 말고 다시 창을 내렸다.

"언니, 좋은 시간 보내고 늦게 늦게 들어와! 늦게 늦게!!!"

동생은 자기 나름대로 의미심장하다고 생각했는지 혼자 까르르 웃으며 떠났다.

시계를 보니 약속시간 20분 전이었다.

1978년이었다. 춘천행 열차가 들어서고 있던 청량리역. 그녀와 성당의 고등학교 학생들은 하나둘씩 열차에 올라탔다. 춘천 성심여대에서 열리는 가톨릭 마리아 뽈리 대회에 그녀가 다니는 성당의 고등부 전체가 참여하려고 출발하던 참이었다. 그는 그 고등부의 인솔자였다. 달리는 열차 속에서 그녀가 그와 마주앉게 된 이유는 그녀의 친구인 한나가 이미 그를 사랑하고 있었기 때문이었다. 그래서였을까, 무덤덤해 보이던 한나의 얼굴은 그와 마주칠 때마다 빨갛게 변했다. 처음 청량리역에서 그가 한나에게 가방을 맡기고 잠깐 어딘가를 다녀오는데 그때 그의 가방을 들고 선 한나의 얼굴은 포도주

를 뒤집어쓴 것처럼 붉었다. 한나도 스스로 그걸 의식했
는지 "미호야, 나 얼굴 많이 빨개? 응?" 하며 불안해했
고 그 불안감 때문에 얼굴은 더욱 붉어졌다. 그녀는 그
가 초면이었다. 그녀로서는 이 동네에 이사온 지 얼마
되지 않았고 이제야 성당의 고등부에 들어왔기 때문에,
이 동네 토박이로 살았고 여기서 첫 신학생이 된 그를
알지 못했었다.

그녀는 그의 첫인상을 아직도 기억하고 있었다. 훗날
노란 민들레들 틈에서 흰 민들레를 보았을 때 그녀는
그것이 그의 첫인상과 많이 닮았다고 생각했다. 하얀
민들레, 하얀 리넨 식탁보, 하얀 구절초, 혹은 하얀 코
스모스. 그는 쌍커풀 없이 눈은 컸고 앞서 그녀가 꽃을
연상했듯 약간 여성적인 느낌이 났는데 마르고 긴 체
형 때문인 것 같았다. 어쩌면 아직 다 남자이기를 거부
하는 사람인 듯도 했고 이 약간의 덜 성숙한 남성성이
여고생인 그녀들을 안심시켰을지도 모른다. 눈만은 방
실거리며 웃고 있는 인상이었는데, 당시 가톨릭 신학생
들이 모두 입던 흰 셔츠를 검은 바지 속에 집어넣은 차
림이 그의 긴 다리를 더욱 돋보이게 했다. 또래의 남학
생들이 청바지에 장발을 하고 지저분한 운동화를 신고

있었기에 아마도 흰 와이셔츠에 검은 바지 그리고 검은 구두를 신고 머리를 약간 짧게 자른 그의 단정한 자세가 그녀의 눈길을 끌었는지도 모르겠다.

그녀와 그는 첫눈에 사랑에 빠진 것이었을까. 아마 그랬을지도 모르겠다. 그렇지 않다면 친구 하나에게 이끌려 기차 안 그의 앞자리에 앉으면서도 일부러 말없이 그의 주의를 끌려고 그의 눈을 그토록 뚫어지게 응시할 필요가 없었을 것이리라. 돌아보면 명백하고 청순한 유혹이었다. 그리고 그의 눈 속에서 이미 그녀의 영혼은 알았을 것이다. 그가, 그녀가 그에게 그러하듯 조금씩 서로를 흡수하며 조금씩 서로에게 들어서면서 서로에게 물들고 있다는 것을, 그리고 그 사랑은 그녀의 문학적 열망에 불을 붙이기에 충분할 만큼 고통스러울 것이라는 것을. 금기의 문에 다가가면서 결코 그 문 안으로 들어가지 않겠다, 라는 모순된 모험이라니.

열일곱 살의 그녀는 하루의 많은 시간을 거울을 들여다보고 연구한 끝에 코는 좀 밉지만 큰 동공을 가진 검은 눈에 자부심을 가져도 좋다고 결론을 내린 소녀였다. 친한 친구였던 하나도 '꼭 코가 미운 것은 아니지만 그래도 코에 비하면 눈이 예쁘다고' 인정해 주었다.

그래서 누군가 좋아할 만한 사람이 생기면 뚫어지게 그를 쳐다보기로 오래전 계획해 둔 터였다. 이후 그녀가 매력적이라는 자신의 눈동자를 의식적으로 누군가에게 들이대보기는 처음이었지만 그녀는 몸이 벌써 어른처럼 커버린 여고 1학년이었고 그는 대학 1학년이었다. 하나도 이상할 일은 없었다. 키가 크고 잘생긴 남학생을 후배 여학생이 동경하는 것, 조숙하고 또래보다 키가 큰 그녀를 그가 눈여겨보는 것. 첫사랑이 마땅히 가져야 할 것들을 다 가지고 있었다. 어린 나이, 자주 가까이 있음, 적당하고 감미로운 장애물이 있기에 오히려 안전함. 지구가 중력으로 모든 사람을 똑바로 서 있게 하는 걸 모른다 해도 서 있는 데 아무 지장이 없듯이 그들은 그렇게 서로를 알아갔다. 서로의 무엇이 그들을 끌고 있는지 전혀 모른 채로.

바로사우루스.

로비에는 거대한 공룡이 뼈만 남은 채 서 있었다.

"후기 쥐라기에 살던 공룡. 1억 5,600만 년 전에서 1억 4,500만 년 전에 북아메리카와 아프리카에서 살던 공룡. 바로사우루스라는 이름은 무거운 도마뱀이라는 의미를 가지고 있고 몸길이는 23미터에서 27미터. 나뭇잎을 긁어 먹음. 80개 이상의 뼈로 이루어진 긴 꼬리를 이용해 다른 육식 공룡에게 위협을 가하였지만 성질은 온순하였다"라는 안내판을 읽으며 그녀는 서 있었다. 저렇게 큰 공룡의 성격을 굳이 온순하다 표현해 놓은 것에 문득 웃음도 나왔다. 아침 일찍부터 아니 한국에서 이곳으로 떠날 때부터 40년, 40년이란 세월의 의미를 되새기고 있었는데 1억 5,000만 년 전이라니.

그녀는 잠시 로비를 둘러보고 다시금 공룡의 연대를 들여다보며 생각했다. 조카 제니의 말대로 그래서 이곳에서 만나자고 했을까? 40년이라는 것, 1억 5,600만 년에 비하면 먼지 같은 세월이야, 하는 말을 그는 하고 싶었을까.

　그렇다면 이곳은 오래전 헤어진 첫사랑들을 만나기에 정말 좋은 장소이기는 할 것 같았다. 또 그녀는 생각했다. 왜 그를 만나야 하는 걸까, 이 만남이 의미가 있는 것일까. 내가 그걸 묻고 그가 대답할까? 그렇다 한들 무슨 의미가 있을까? 그러다 그녀는 깨달았다. 그에 대해 아는 것이 하나도 없다는 것을.

　그때였다. 로비에 가득 찬 사람들의 노랗고 갈색이고 검은 다양한 머리칼과 어깨 그리고 상반신 들 사이로, 마치 거센 폭풍우 속에서 언뜻 보이던 별처럼 누군가의 시선이 빛나고 있었고 그녀가 시선을 들자 두 눈은 정확히 마주쳤다. 아무 설명도 없이 그녀는 그것이 그라는 것을 알았다. 아주 약하게 감전된 것 같은 통증이 뒤통수를 지나 등뼈를 타고 쭉 내려갔고 얼마간 얼어붙는 기분이었다. 그는 아까부터 그녀를 주시하고 있었던가 보았다. 주시하고 있었지만 40년이라는 그 세월이 그를 머뭇거리게 하고 있는 것 같았다. 오랜 사회생활을 경험한 그녀의 입은 미소를 띠었다. 그가 다가오고 있었다. 생각보다 어색하지 않았고 생각보다 밝았다. 그는 페이스북을 통해 사진으로 보아온 그대로였다. 사이클링을 즐기는 사람답게 날씬했고 탄탄했다. 머리숱이 좀 적어지기는 했지만 대머리가 된 정도는 아니었다. 머리가 벗겨지고 배가 나오지 않은 것, 그녀는 그것이 고마웠다.

"일찍 왔어요."

40년 만에 만난 사람에게 무어라고 말해야 하나, 이런 말도 괜찮을까 싶었는데 말은 부드럽고 경쾌하게 나왔다. 40년 세월의 힘이었으리라.

"나도 일찍 왔어. 왠지 일찍 올 것 같아서. 그런데 정말 일찍 왔네. 플러싱에서 오자면 트래픽이 대단할 텐데?"

그는 자연스럽게 검은 코트를 입은 그녀를 이끌듯 걷기 시작했다. 그리고 몇 발자국 걷다가 약간은 실감이 나지 않는다는 듯 잠시 멈추어 섰다.

"정말 만나는구나, 뉴욕 맨해튼에서! ……꿈도 꾸지 못했어."

자연사박물관 공룡 앞에서 만나자고 할 때도 그랬지만 이 마지막 말도 그녀의 귓바퀴에 걸렸다. 낯설고 불편했고 부담스러웠다.

문득 40년 전 그의 아파트 앞 놀이터. 그네 위에 쌓인 눈을 털어내고 온몸이 얼어붙을 때까지 기다렸던 밤이 떠올랐다. 나중에는 얼어붙어 감각이 사라진 발을 나무토막을 끌듯 걸어 집으로 돌아왔던 그 밤. 그는 왜 나오지 않았을까. 기억은 이토록 끈질기구나, 그녀는 생각했다. 그녀와 그는 만나지 못했다. 40년. 그리고 오늘이었다. 고개를 들어 그를 올려다보니 그는 미소를 띠고 있었고 늘 그랬듯 장난기가 가득했다. 그대로였다, 라고 누군가에게 전해야 할 것 같았다. 누구에게? 그녀는 그것이 문득 우스웠다.

"공룡 더 볼래? 여기 로비에 있는 것이 바로 바로사우루스! 쥐라기 후반, 그러니까 1억 4,500만 년 전 동물이야."

"아, 이게 바로 바로사우루스."

그녀가 말했다. 그가 활짝 웃었다. 시작이 좋은 것 같았다. 둘은 긴장하면서 긴장하지 않았고 연륜을 최대한 동원하여 유머를 잃지 않으려고 노력하고 있었다.

"1억 4,500만 년 전…… 엄청나게 먼 옛날이지. 바로 사우루스라는 건 미국 공룡학자 마시가 1890년에 붙인 이름이야. 무거운 도마뱀이라고…… 공룡 좋아하나?"

그의 말은 빨랐고 마치 백과사전을 기계음으로 읽는 것처럼 억양이 거의 없었다. 그녀가 "뭐 좋아하지는 않지만 예전에 딸 키울 때 같이 읽고……"라고 대답을 끝내기 전에 그가 말을 이었다.

"티라노사우루스는 알지?"

"예, 그거야 제일 유명한 공룡……."

"트리케라톱스는? 뿔 세 개 달린 거."

"잘 모르겠어요."

"응, 그렇구나. 그럼 피나코사우루스, 다리 달린 거북이 같은 거. 아니다. 프로가노케리스가 더 거북이 닮았던가? 이건 디플로도쿠스나 브라키오사우루스에 더 가깝지? 그런 공룡들 알아? 여기 공룡 특별전을 하니까 거기로 가자."

40년 만에 만나 빠른 속도로 공룡의 이름을 외우고 있는 이 사람을 그녀는 어떻게 생각해야 할지 알 수 없었다. 40년 만에 맨해튼의 자연사박물관에서 만나 바로사우루스니 티라노사우루스니 하는 말을 나누는 것은 대체 어떤 낯설음일까. 키가 5층 아파트만 한 바로사우루스라는 공룡이 나뭇잎을 긁어 먹고 살며 성격은 온순했다, 라는 진술만큼 이곳에서 만난 그가 그녀는 낯설었다. 이 만남이 어떤 방식으로 전개될지 모르겠다는 생각도 들었다. 키가 그렇게 큰 바로사우루스는 대체 어떻게 바닥에 깔린 낙엽을 긁어 먹고 살았단 말인지. 대체 이 사람은 오늘 하루 만나면 다시 헤어질 자신에게 왜 이렇게 많은 걸 설명하려고 하는 것인지.

저녁 식사까지는 아직도 시간이 많이 남았는데 중간에 그냥 어머니에게 급한 일이 생겼다며 슬쩍 도망을 가버릴까 하는 생각도 들었다. 박물관 입구로 들어가면서 문득 나란히 걷던 그와 그녀의 눈이 마주쳤는데 뜻밖에도 그가 맑게 웃고 있었다. 즐겁고 설레는 듯 보였다. 도망칠 생각을 하는 그녀의 마음을 전혀 짐작도 못하는 것 같았다. 머리와는 달리 가슴으로 또 한 번 가느다란 통증이 길게 스쳤다.

"아직도 과학을 좋아하시네요."

"응, 좋아하지. 긴긴 역사를 보고 있으면 인간이란 얼마나 허무한 존재인지 깨닫게 해주니까."

그가 대답했다. 왜 여기서 만나자고 했는지 그녀는 비로소 약간 이해할 수 있는 기분이었다. 이곳이 아니었다면 어쩌면 두 사람은 40년이라는, 인생의 반이 넘을 시간에 압도되어 버릴 수도 있었으리라.

"늘 엉뚱하게 『파브르 곤충기』 이야기를 하셨댔죠."

그가 갑자기 걸음을 멈추더니 환하게 웃었다.

"기억하는구나."

그녀가 잠시 침을 삼켰다. 대답하고 싶었다. 어떻게 잊어요. 그러나 그녀는 대답했다.

"저 기억력 좋은 거 잊어버리셨어요?"

그녀가 되묻자 그가 웃었다.

"기억력 좋은 쪽의 기억력을 나쁜 쪽에서 기억하기란 어렵잖아?"

"그때 그 말 기억나요, 저보고 읽어보라고 권하면서 무슨 벌 이야기를 해주셨죠. 벌레를 잡아 침을 한 방 어느 급소에 쏘면 그 벌레는 죽지도 못하고 마취된 채로 싱싱하게 살아 먹이가 된다고……. 전 그 이야기를 들었기 때문에 그 책을 읽을 수가 없었어요. 너무 끔찍해서, 그래서 지금도 그 책을 생각하면 그 끔찍한 벌레만 떠올라요. 죽지도 못하고 산 채로 마취된."

"아 그거! 왕노래기벌이 바구미를 잡은 이야기."

"아, 그게 그건가요? 왕노래기벌이 바구미를?"

"응, 마치 요즘 중국의 한의학에서 마취제도 쓰지 않고 침으로 마취하고 수술하는 것과 같은 거지. 어떤 부위에 침을 놓으면 마취 없이도 수술이 가능하다잖아. 왕노래기벌이 바구미의 정확한 부위에 침을 쏘면 바구미가 죽지 않고 산 채로 마취되어 먹이가 되는 거지. 도망치지만 못하게 정확히 운동신경을 딱 마비시켜 놓고 자기 자식들의 먹이가 되게 하는 거야."

"음, 다시 들어도 끔찍하군요. 아무튼 기억력 좋은데요?"

그와 그녀가 잠시 웃었다.

"그런가? 동물도 식물도 공룡도 다 기억해, 다만……."

그녀가 웃음을 멈추고 그를 바라보았다. 그는 다시 씨익 웃으며 곁눈으로 그녀를 바라보았다. 다시 눈이 마주쳤다. 그들이 만나지 못했던 지난 40년 세월이 통째로 뭉텅뭉텅 잘리며 빠르게 옛 시간으로 돌아가는 것 같았다.

여름 아침. 새벽 미사가 끝나고 집으로 돌아오는 벽돌길. 붉은 줄장미가 피어 있던 아파트 담장. 그때 무슨 이야기인가를 하며 그가 웃었었다. 그 웃음이 그때 그녀는 많이 아팠었다. 아름다워서였다.

"근데……, 사람은 힘이 드네."

그가 말을 이었다. 사람은, 이란 단어는 사람에 대한 기억이란 말 같았다. 역시 혼잣말인 듯했다.

"사람은 힘이 들어."

그녀는 안다. 혼잣말이 늘어가는 노년. 걸레질을 하다가 그녀는 문득 그런 자신을 발견하곤 했었다. 혼자 사는 늙은이들은 혼잣말을 한다. 혼자 사는 젊은이들이 절대 하지 않는 그것. 그래서 반려동물을 키우라고 딸은 조언하곤 했었다.

"비 맞은 중처럼 구시렁거린다, 라는 말 있잖아. 엄마, 그러니까 혼자 살아서 그래. 동물하고 같이 살면 그러지 않을 거야. 고양이나 개나 반려동물 한 마리 키우시라니까."

그런데 결혼 생활을 오래 했고 아직도 하고 있는 이 사람이 혼잣말을 하는 것은, 집안에서 많이 소통하고 있지 않다는 징표 같았다. 서로 대화를 많이 나누지 않는 아내와 사는구나. 그녀는 마음의 수첩, 비어 있던 그의 프로필란에 한 가지를 새겨 넣었다.

1. 혼잣말을 한다. 마치 혼자 사는 사람처럼.

이곳에 오기 1년 전, 페이스북에서 그를 만날 무렵 고등학교 시절의 성당 친구들을 함께 만난 일이 있었다. 남쪽 지방의 한 대학에서 재직하고 있던 그녀가 마침 서울로 간 날이었다. 그들은 그 당시로서는 흔하지 않았던 서울의 고층 아파트 단지에 있었던 성당의 고등부 학생들이었다. 아직도 그 동네 아파트에 살고 있는 친구들이 더러 있어서 그들은 일부러 성당이 있었던 그 동네에서 만났다. 그날도 금요일 저녁이었다. 이제는 도심이 되어버린 그 아파트들 앞으로 차가 몹시 밀렸다. 그녀는 약속시간에 늦겠다고 문자를 보내고 나서 문득 이곳이 자신이 살던 동네라는 것을 새삼 떠올렸다. 눈을 들어보니 차가 멈춘 곳은 뜻밖에도 그가 살던 아파트 앞이었다. 발이 나무토막처럼 얼어붙을 때까지 그를 기다렸던 어린이 공원도 그대로였다. 그날의 기억, 돌덩이가 되어버린 발을 끌며 돌아오면서도 그녀를 여러 번 되돌아보게 했던 절망스러운 희망들. 저 콘크리트의 어느 한 귀퉁이에 그날 그녀가 느꼈던 절망이 새겨져 있다가 그녀를 향해 다시 뿜어져 나오는 듯 마음 한구석이 아렸다.

거의 40년이라는 시간을 지나 만난 성당의 친구들과 이야기 끝에 많은 사람들의 안부가 오갔다.

"요셉 형 알지? 신학교 갔었던?"

그녀가 고개를 끄덕이자 다른 친구가 말했다.

"지금 미국 살아. 지난번 나와서 미호 네 안부를 묻길래 우리도 그땐 너랑 연락이 닿지 않을 때라 모른다고 했었는데."

"페이스북에서 만났어. 그래 미국 살더라구."

그녀가 대답했다.

'사실 나는 그 사람…… 죽었는 줄 알았어.'

그녀는 그 말은 하지 않았다. 살아 있어서 다행이라는 생각과 살아 있는데 왜 그녀를 찾지 않았을까 하는 생각을 했었다는 것도 말하지 않았다. 그녀는 생각했었다. 죽었을지도 몰라. 그렇지 않고서야 왜 나를 찾지 않

71

을까? 하고. 그녀는 아직도 그와 그녀의 지난날들을 친구들 앞에서 시인할 수 없었다. 왜 그랬을까? 그녀도 벌써 할머니가 되어가고 그도 할아버지가 되었을 텐데. 그는 이제 가톨릭 신부가 되기로 하고 신학교에 입학했던 그 신학생이 아닌데. 아주아주 오래전에 이 땅에서 탱크가 한 도시를 밀어붙이던 그 뜨겁던 봄과 추웠던 여름이 지나고 그는 이미 그 학교를 그만두었고 신부가 되겠다는 그 꿈도 다 멈추었는데.

"주일학교 교사 때문에 괴로워하다가 결국 학교를 그만둔 거지. 둘이 엄청 연애를 하고 있었던 거지 뭐. 그래서 신학교를 그만둔 거고."

예리한 칼로 아주 가볍게, 그러나 명백하게 가슴을 쓰윽 긋는 것처럼 아팠다. 생각지도 못한 기습 같았다. 아무렇지도 않다는 생각조차 하지 않을 만큼, 아무렇지도 않은 추억이었기에 난데없는 아픔이 스스로도 하도 홀연해서 그녀는 그 순간을 기억하고 있었다.

"그 주일학교 교사가 나야"라고 이제는 고백해야 하나, 생각하는 순간 누군가가 다시 말했다.

"그래서 결국 둘이 결혼하고 미국으로 간 거야."

며칠 동안 가슴 한구석에 통증이 멈추지 않았다. 매일

들고 다니는 핸드폰의 비밀번호를 입력하고 로그인을 하려는데 비밀번호가 틀렸습니다, 하고 계속해서 메시지가 뜬다 해도 이보다 당황스럽지는 않을 듯했다.

이 땅 위에 사랑이 임하고자

우리 사이에 말씀이 오시고자

하늘은 그 배경을 위해 한 사람의 마음을 구했네

빛을 에워싼 아름다운 어두움

말씀을 지닌 사랑의 깊은 침묵

어둠 위에 빛은 찬란했고

침묵 위에 말씀은 울렸네

해 안에 자신을 잃어버린

그 빛나는 어둠은 누구인가

그 드높은 사랑의 침묵은 누구인가

마리아, 너였네

청년부 미사에서 그녀는 가끔 독창을 했다. 그가 기타를 쳤고 때로는 피아노 반주도 했다. 다른 청년이 치는 드럼 반주도 있었다. 방학 때마다 당시 고등학생들의 합창을 지도하면서 그는 말하고는 했었다.

"사람들은 흔히 대낮의 환한 빛 속에서 많은 걸 보는 줄 알죠. 그러나 그건 이 세상을 보는 거예요. 사람이 만든 것. 기껏 시선의 한계 속 세상을. 사람들은 말하죠. 밤이 되면 아무것도 보이지 않는다고. 아니에요. 밤이 되면 우리는 드디어 우주를 볼 수가 있게 되는 거예요. 저 우주를 보게 해주는 것은 결국 어둠이란 말인거죠. 성모 마리아는 우리에게 그런 분입니다. 스스로 어둠이 되어 우주로 우리를 안내하시는 것이죠. 하느님에게로.

자, 그런 느낌으로 다시 한 번 불러요. 독창 부분이 끝나고 후렴에서 '해 안에 자신을 잃어버린' 여기서 합창이 시작될 때 아주 여리게 시작하는 거 잊지 말고…… 마리아가 자청한 처음 어둠처럼 가녀리게 시작해 볼 것. 자, 솔로 부분 먼저. 이미호 로사, 준비됐나요?"

그는 가끔 성당에서 마주치면 얇은 편지지를 주고 달아나는 다른 남학생들과 달랐다.

"미호야, 한번 만날 수 있니? 여기 새로 생긴 상가에 만둣집 맛있더라. 우리 엄마랑 같이 갔는데 정말 좋았어. 만둣집에 널 데리고 가고 싶어."

이런 편지를 보내온 다른 어린 남자들과 달랐다. 그는 영원을 이야기했다. 그는 영혼을 이야기했고, 그는 어둠과 빛 그리고 삶의 의미에 대해 이야기했다. 가끔 장난꾸러기 같은 표정으로 이런 이야기도 했다.

"비행접시 말이야."

합창 연습이 끝나고 둘만이 남았을 때였을 것이다. 이제 와 생각해 보면 그는 이미호 로사, 너를 사랑해, 라는 이야기는 빼고 무슨 이야기든 그녀에게 다 한 것 같았다. 아마도 어떤 밤이었던가, 성당에서 늦은 시간까지 합창 연습을 하고 나오면 맨 마지막에 그와 그녀가 남았다. 그녀의 집이 더 먼 편이었다. 그러면 그는 그녀의 집 앞까지 함께 걸었다. 언제나 반걸음 앞서 걸었고 언제나 골똘히 생각에 잠긴 것 같았다. 그러다가 문득 돌아와 너무나 중요한 할 말이 있는 듯이 그녀에게 묻고는 했다.

"비행접시에 대해 생각해 본 적 있어? 그게 뭐라고 생각하니?"

신학생이 성당의 고등부 여학생에게 하기에는 싱거운 질문이었다.

그녀는 그때 하늘을 올려다보았던 것 같다. 우주는 보이지 않고 대신 고층 아파트 불빛들이 휘황했다. 비행접시 불빛 같은 것은 어디에도 없었고 있다 해도 지상의 밝은 불빛들에 가려 보이지 않았을 것이다. 하지만 비행접시가 날아와 "그랑 너랑 둘이 탈래?" 하면 아마도 그녀는 탔을까.

그녀는 말했다.

"그게 왜 궁금해요?"

"왜 안 궁금하지?"

그녀가 입술을 뾰족이 내밀며 그에게 무슨 말인가 하려고 하면 그가 다시 말했다.

"저기 빛나는 별들 중에 일부는 별이 아니라 비행접시일 수가 있어. 비행접시는 영화에서 보듯이 원형인데 원형은 말하자면 앞뒤로 가는 게 아니라 그 자리에서 맴을 도는 것이지. 이 우주가 시간과 공간의 축으로 이루어진 건데 비행기나 로켓은 유선형으로 생겨 한 방향으로 나아가지. 공간을 이동하느라고 말이야. 그런데 생각해 봐. 원형이다, 그럼 그건 그 자리에서 도는 거야. 결국 시간을 이동한다는 거지."

그녀는 그 말을 완전히 이해하지는 못했던 것 같다.

다만 이런 이야기가 시작되는 것이 좋았다. 그가 이런 이야기를 꺼내면 자기 자신의 지식에 심취해서 그녀를 붙들고 더 오래 이야기를 들어주기를 원했고, 그래서 가끔은 그녀의 아파트 앞 놀이공원에 앉아 이야기를 듣기도 했으니, 그녀로서는 그가 이런 이야기라도 끝없이 늘어놓으며 그녀의 옆에 있는 것이 좋았을 것이다. 그래서 그녀는 가끔은 잘 알아듣는 체하지 않으면 안 되었다. 그리고 잘 알아듣는 체하기 위해 날카로워 보이는 질문을 하기도 했다. 생각해 보면 참으로 애절한 거짓들이었다.

"그래서 비행접시들은 착륙하지 않는 거야. 만일 착륙하다가 들키면 미래의 자신들의 존재가 완전히 바뀌어버리는 거니까 말이야."

"그런데 말이에요. 누가 미친 척하고 내려서, 나 미래에서 온 네 손자야, 하면 진짜 어떻게 되는 거예요?"

그녀가 질문하면 그는 잠시 어이가 없다는 표정을 짓다가 그녀의 머리를 가볍게 쥐어박았다. 그게 그들이 나눈 유일한 스킨십이었을까. 그 가벼운 꿀밤의 감미로움을 그녀는 기억하고 있었다. 두피의 모든 솜털이 그를 향해 감미로이 일어섰고 그의 손의 감촉을 간직했다. 열일곱이었으니까.

"로사 같은 아이들은 그 비행접시에 안 태우는 거지. 그러니 그런 일은 없어, 그렇게 되면 우주의 질서 자체가 흐트러지는 거니까."

연애했던 여자와 미국으로 떠나버렸다는 그 말을 들은 이후 혼란은 가중되었다. 그 비행접시를 타고 누군가 와서 "내가 당신 손자예요"라고 한 것 같았다. 과거의 그가 와서 현재의 그녀를 흩트려버린 것 같았다. 길을 걷다가 문득, 연구실 문을 닫고 어두운 복도를 걸어나오다가 문득, 가슴이 아렸고 혼란스러웠다. 그 며칠 삶은 모래언덕처럼 흘러내렸다. 발은 딛는 곳마다 푹푹 빠졌다. 그리고 어김없이 그 구절이 귀에 맴돌았다.

"그 주일학교 교사와 몰래 연애를 하고 그리고 결국둘이 결혼을 해서 미국으로……"

스스로도 믿을 수 없었다. 오래전 이혼을 하고 그 이후에도 몇 번의 진지한 연애를 했던, 이제 할머니가 될 여자가 그 생각들을 떨치느라 며칠을 마치 먼 바다에서 소용돌이에 휘말린 조난자처럼 힘겨웠다는 게 스스로도 믿어지지 않았다. 아마 미국에 갈 기회가 생겼을 때 그녀는 결심했는지도 모른다. 만나고 싶다. 그리고 묻고 싶다고. 그게 무슨 뜻이었는지를. 왜 그녀에게 그 말을 했었는지를.

복도와 계단에는 사람들이 분주히 오갔다.

"이리로 가자. 우선 공룡 특별전을 보고, 그리고 북아메리카 생물들을 보고, 그다음 열대 생물, 그다음 조류. 그런 다음에 여기서 자리를 옮겨 9/11 메모리얼 파크를 보고 그다음에 시간이 남으면 하이랜드."

그는 서두르는 듯이 보였다. 그녀는 얼결에 그를 따라 계단을 올라서다가 멈추었다.

"저기."

그녀가 말했다. 말하면서 40년 동안 기다려온 그 질문을 하는 시기는 언제가 좋을까 또 망설였다.

"저기, 그냥 천천히 가요."

그가 걱정스러운 듯 그녀를 바라보았다.

"음, 피곤한가 보구나. 내가 너무 무리한 계획을 세

웠나?"

"그런 건 아닌데 그냥 약간 숨이 차요."

그가 잠시 생각하더니 말했다. 혼자 중얼거리는 것 같은 말씨였다.

"그래 미안해. 내가 너무 남의 생각은 안 하고 나밖에 모르지?"

엉뚱한 질문이었다. 우리 엄마가 그랬어, 우리 아내도, 라는 말이 침묵 속에서 들려왔다. 저런 남자들은 그녀 주변에도 많았다. 문득 그가 참으로 어리석어 보였다. 이 만남이 좋은 일일까. 40년 전에 왜 그랬는지 물어서 뭐 할까. 그녀는 또다시 생각했다. 언제나 중요한 일 앞에서 그렇듯, 도망가고 싶다는 생각이 났다. 그러면서 그녀는 마음의 수첩에 또 하나의 메모를 했다.

1. 혼잣말을 한다. 마치 혼자 사는 사람처럼.

2. 언제나 자신밖에 모른다는 비판을 듣는다. 어쩌면 아내나 어쩌면 어머니에게 들었을 말.

"키웨스트는 어땠어? 좋았지?"

그가 다시 물었다. 그는 단숨에 계단을 올라가고 있었지만 그녀는 숨이 찼다.

"가는 날 비가 내렸어요. 바람이 불고. ……긴 길을 달려가는데 세상 끝으로 가는 것 같다고 할까?"

"그래, 그 길이 좀 그런 데가 있어. 그래도 좋았을 텐데. 석양은 못 봤어?"

"봤어요. 다음 날 오후에는 개었어요. 배를 타고 30분쯤 나갔지요. 바람이 좀 불어서 배가 많이 흔들렸지만 충분히 아름다운 석양을 봤어요. 바다에 석유를 뿌리고 불을 질러버린 것 같았어요. 마요네즈 약간 섞어서 막 휘저은 오렌지주스 빛"

"마요네즈 약간 섞어서 휘저은 오렌지주스 빛!"

그가 그녀를 따라 하면서 활짝 웃었다. 그는 그 표현이 신기한 듯했다. 그는 모든 것을 잊었을까? 오래된 기억이 떠올랐다. 그는 그녀의 이런 엉뚱한 표현들을 좋아해준 사람이었다. 엄마에게는 늘 야단을 맞던 그 엉뚱한 표현들을 하면 그녀를 바라보는 그의 시선 속에 매혹당하는 사람의 즐거움과 내가 이래도 되나 하는 곤혹이 뒤엉키고 있었다는 것을, 그녀는 알았다. 언제나 매혹이 곤혹을 이기고 만다는 것도.

고등학교 시절 그녀는 날마다 그에게 보내는 편지를

썼다. 편지는 대개 그녀의 일기장에 끼워두고 일주일이나 열흘에 한 번만 골라 보냈다. 그 사랑은 들켜서는 안 되는 것이었고 반드시 약간은 들켜야 하는 것이었다.

지난번 편지를 보낸 지 일주일이 지났네요. 건강은 하신 거죠? 답장이 없어서 걱정했어요. 지난번 혜화동 신학교로 찾아뵈었을 때 기침을 하시는 듯해서 그것도 좀 염려가 되었답니다.

날이 차요. 밤은 수갑을 채우듯 불현듯 들이닥치고 겨울이 턱까지 차오르네요. 요즘은 일부러 버스에서 두어 정거장 일찍 내려요. 우리 아파트까지 한 10여 분을 걸어가는 동안 학사님네 아파트랑 우리 아파트 단지들 뒤로 펼쳐지는 노을을 보려구요. 대림 시기가 시작되고 낙엽마저 사라지고 나면 이 도시의 아파트촌은 온통 무채색, 저는 그래서 겨울이 두려워요. 하지만 겨울을 견딜 수 있게 하는 것은 저 노을. 검고 딱딱한 빵 같은 아파트 실루엣 뒤로 무섭게 번지는 저 노을. 오렌지주스에 마요네즈를 많이 섞어 막 휘저은 듯한 저 노을. 저 노을 때문에 저는 겨울을 견딜 수 있어요.

제 가방 속에 들어 있는 책 속의 어린 왕자가 여우에게

그랬어요. '그날은 노을을 네 번이나 보았어.' 그러자 여우가 묻죠. '그날 너는 많이 슬펐구나.'

곧 방학이고 대림절이 시작되면 학사님 집으로 오시겠네요. 이번 크리스마스에는 아빠가 성당 사람들이랑 놀아도 된다고 하셨어요. 그래서 매번 크리스마스마다 외출이 금지되었던 저에게는 이번 크리스마스가 생애 첫 크리스마스같이 느껴져요. 학사님 방학이 되기 전에 저에게 또 심부름 시키실 일 있으면 답장 주세요. 제가 신학교 면회실로 가면 되니까요.

혜화동 신학교 올라가는 그 입구의 플라타너스 이파리들이 다 졌겠죠. 거기 수위 아저씨도 안녕하시지요? 지난번 갈 때는 국화빵을 한 봉지 선물해 드렸더니 그다음부터 저를 아주 예뻐하셨어요. 거기 신학교 운동장에서 서쪽으로 바라보는 혜화 성당 뾰족탑 쪽으로도 노을이 지나요? 오렌지주스에 마요네즈를 많이 섞어 휘저은 듯한. 그 노을. 그 노을이요.

"내가 처음 키웨스트에 갔을 때가 헤밍웨이의 첫사랑을 다룬 영화를 보고 난 후였어. 제목이 〈러브 앤 워〉였을 거야. 왜 헤밍웨이가 전장에 나가 다쳤는데 연상의 간호사와 사랑에 빠지잖아. 그런데 그녀는 그를 가벼운 연애 상대로 여겼고 그의 진실한 사랑을 믿지 않았지. 격분한 헤밍웨이는 어느 날 배신을 당했다는 것을 알게 되고 돌이킬 수 없을 정도로 깊은 상처를 입어…… 나중에 그녀가 미국 중서부 헤밍웨이네 집으로 그를 찾아오는데 그가 거절하지. 그는 이미 너무 상처 입은 후여서 그녀를 받아들일 수가 없었던 이야기. 영화 해설을 보니까 헤밍웨이가 그녀에 대한 상처로 평생을 방황했다고 하는 걸 읽었어."

그는 자연사박물관의 긴 회랑을 걸어가며 말했다.

"그걸 믿어요?"

그녀가 그의 말을 듣고 있다가 불쑥 물었다. 그가 눈을 휘둥그레 뜨고 그녀를 바라보았다. 나란히 걷던 그들의 눈이 마주쳤다. 쌍꺼풀이 없지만 크고 퀭한 눈매를 가진 그의 눈은 처음 기차 안에서 그녀가 사랑에 빠졌던 그대로였다. 지금은 나이가 들어서, 그때는 너무 야위어서 주름이 진 그 눈매였다.

"믿느냐고? 그건 그냥 사실이잖아. 뭐 그런가 보다 하는 거지…… 그런데 듣고 보니 질문이 굉장히 재밌네. 그럼 믿지 않는다는 그쪽 생각은?"

그는 그녀를 미호라고, 로사라고도 부르지 못하고 있었다. 생각해 보니 페이스북에서 다시 만난 후에도 그는 그녀의 이름을 부른 적이 거의 없었다. 이미호, 로사라는 이름은 그에게도 먼먼 옛날의 기억이었을 뿐일지도 모른다.

그가 되묻자 그녀는 피식하고 웃었다.

"그냥 헤밍웨이가 여자들하고 바람피우며 자꾸 이혼하고 결혼하려니까 핑곗거리가 필요했던 거 아닐까요?"

"그것도 그럴 수 있지만 실제로 헤밍웨이의 『무기여 잘 있거라』에서는 그녀가 나와. 실제로 다친 젊은 헤밍웨이의 간호사였고 연상이었고……, 결국 소설 속에서 그녀가 죽지만."

"죽이죠, 그가."

그녀의 말투는 약간 거칠었다. 일순 그가 멈추어 섰다.

"제 말은 작가인 그가 그녀를 죽여야만 했다는 거예요, 아마도."

그녀가 덧붙였다.

"첫사랑에 실패하지 않고 상처받지 않은 사람이 어디 있겠어요? 그래서 첫사랑이라는데. 그런데 그런 핑계를 인생 전체에다 갖다 붙이는지 헤밍웨이는 역시 원조 마초야."

"원조 마초?"

"마초스럽고 꼰대 기질 다분한."

"음……, 그런 뜻이구나."

그가 낮게 말했다. 약간 당황하는 듯도 했고 약간 실망스러워 하는 듯도 했다. 그리고 이어 물었다. 그녀가 좀 열을 올린 탓에 무안해서였을 것이다.

"점심은 먹었지?"

그들은 조류관을 빙 돌아보고 3층으로 올라가고 있었다.

"예, 한국 라면."

그가 잠시 웃었다.

"동생이 여기 산다고 그랬지?"

"예, 어머니하고."

"아버지는? 너희 아버지 K대 교수셨던 거 기억하는데."

"그랬죠."

"여기 함께 계신가?"

"돌아가셨어요. 제가 대학 들어가고 이듬해에."

결코 서로 부딪히지는 않았으나 가까이 있던 그의 어깨가 문득 굳어지는 것이 느껴졌다.

"그랬어?"

그가 잠시 걸음을 멈추고 그녀를 바라보았다.

"예, 그 전에 전두환 쿠데타로 학교에서 쫓겨나셨고…… 그래서 대학 들어가던 봄에 잠깐 주일학교 교사를 하다가 그 성당이 있던 동네를 떠났어요."

그들은 서로 입을 다물었다. 그리고 우리의 연락은 거의 40년 동안 끊겼지요, 라는 말을 괄호 속에 넣고 있다는 것을 서로 알고 있었다. 그녀는 자신의 고통스러운 40년이 이렇게 간단한 몇 줄로 요약될 수 있는 것이 신기했다. 너무도 흔한 비극이었다. 그것을 자신이 겪지만 않는다면.

그가 생각에 잠긴 듯 먼 곳을 바라보았다. 그러고는 아주 가늘게 고개를 흔드는 것처럼 보이더니 말했다.

"미안해, 이 길이 아니었어."

그가 당혹해하며 말했다.

"다시 내려가서 저쪽 계단으로 올라가야 하나봐…… 미안해, 내가 길을 잘못 들었어. 분명 여기로 오는 게 맞다고 생각했는데."

그는 다시 서두르는 듯했다. 하루 종일 폭풍이 몰아치는 날씨 때문인지 아니면 원래 그런 것인지 박물관

안은 사람들로 가득 차 있었다. 그는 이마의 땀을 닦으며 카키색 파카를 벗었다. 그리고 다시 말했다.

"내가 여기 자주 와. 이 길을 알거든. 그런데 뭔가가 변했어. 미안해, 정말 미안해."

그는 정말로 길을 잃은 사람 같았다.

아버지는 그녀에게 말했었다.

"하루라도 빨리 이 나라를 떠나라."

아버지가 맏딸인 그녀를 얼마나 사랑하는지 알고 있었기에 그녀는 그런 말을 꺼내는 아버지 앞에서 아무 말도 할 수 없었다. 나중에 생각하니 그건 죽어가는 아버지가 사랑하는 딸에게 남긴 마지막 말이었다. 그 이후 아버지는 혼수상태로 빠져 들어갔으니까. 그녀는 아무 말도 하지 못했다. 입을 열면 통곡이 튀어나올 것 같아서 입술만 앙다물고 있었다.

'아빠, 어린 시절 아빠가 나를 지켰듯이 제가 아빠를 지킬게요, 제가 곁에 있어드릴게요.'

그런 말을 전하지 못한 채 아버지는 세상을 떠났다. 그리고 아버지가 죽은 후 어머니는 그녀에게 말했었다.

"가거라. 여기를 떠나! 이 지긋지긋한 나라를 어서 떠나거라."

독일에서 사왔다는 커다란 항공가방을 주며 어머니는 덧붙였다. 아버지가 돌아가신 지 두 달 후, 그녀가 대학 2학년이 되던 해였다.

"먼저 가서 자리를 잡고 동생들과 나를 불러다오. 베를린 자유대학의 카이머 교수에게 연락을 해놓았다. 한국은 아무 희망도 없는 나라야. 한국에서 민주주의가 이루어지느니 쓰레기통에서 장미가 먼저 피어날 거라는 영국《더 타임스》의 그 기자 말이 맞았어."

희망도 없는 나라 한국. 영국의 기자로 하여금 한국에서 민주주의가 이루어진다면 쓰레기통에서 장미가 피는 것보다 더 기적이 될 거라는 말을 자신 있게 뱉게 한 더러운 나라 한국. 도시의 국회의사당 앞에 탱크가 진주하고 잠시 들어갔던 캠퍼스에서 청년들이 경찰에게 끌려가 주검으로 돌아왔던 나라에서 온 비참한 유학생으로 그녀는 독일에 도착했다. 아직 중국과 소련의 하늘길이 뚫리지 않은 때라 같은 유라시아 대륙에 있는 그 나라에 가기 위해 비행기는 지구 반대편을 돌았다. 알래스카 앵커리지 공항에 내려 급유를 하고 다시 유럽으로 가던 시절이었다. 그렇게 열일곱 시간을 날아가 처음 만난 카이머 교수는, 요즘 같으면 시리아의 전장이나 쿠르드족 난민 캠프에서 탈출했을 여학생에게 보내는 연민의 시선을 보냈다.

서베를린은 크고 투박하고 건장한 남성 무사들을 거느린 영주 같은 도시였다. 서울에 있는 그녀의 대학교 뒷숲에 있던 것보다 더 큰 아름드리나무들이 시내 한복판에 줄지어 서 있었다. 커다란 호수를 품은 도시는 중세의 전투병들이 훈련을 받아도 좋을 숲 같았다. 탱크처럼 든든한 나무들이 선 시내 한복판에는 2차대전 때 부서져내린 성당이 그 부서짐을 보존한 채 서 있고 그 성당의 주위에도 커다란 나무들이 서 있었다. 부서진 성당을 수리하지 않는 것조차 가진 자들이 갖는 교만한 겸손처럼 보였다. 어디서나 비 냄새가 났고 땅은 늘 질척거렸다. 학교에서 기숙사로 돌아와 제일 먼저 하는 일은 구두 굽에 낀 진흙을 떼며 볼 가득히 부풀어오르는 울음을 참는 일이었다.

도착한 지 얼마 안 있어 가을이 왔고 어둠은 속수무책으로 빠르게 내렸다. 4시면 사방이 캄캄했고 길거리엔 인적이 끊어졌다. 사람들의 말투는 끊어지듯 딱딱했고 처음 보는 동양인에게 보내는 눈길은 경멸이거나 차가운 호기심뿐이었다. 이국의 낯선 언어들보다 그 어둠이 더 두려웠다. 알 수 없는 허기가 계속되어 아무리 먹어도 돌아서면 또 배가 고팠다. 학생식당 멘자의 한국 돈으로 3,000원쯤 되는 메뉴의 가격이 버거워 식빵과 달걀을 잔뜩 쌓아두고 달걀을 싸구려 버터에 익혀 케첩을 친 샌드위치로 수많은 끼니를 때웠다. 뮌헨 슈바빙 거리에서 방황했던 전혜린, ……『그리고 아무 말도 하지 않았다』속의 독일은 맥주 거품과 흰 소세지의 낭만이 가득 찬 곳이었다. 그러나 낭만은 어디에도 없었다. 모르겠다. 서울에서 더 많은 돈을 부쳐왔다면 혹시나 낭만이 다가왔을지. 그녀는 어쨌든 아프리카 변두리에 있다고 해도 아무도 의심하지 않는 한국이라는 나라에서 온 얼굴이 '노랗고' 가여운 유학생이었다. 두렵고 막막한 감정보다 더 절박했던 것은 그 허기였다.

그해 가을 기숙사 앞 밤나무에서 무수히 많은 밤들이 떨어졌다. 배낭을 가지고 나가 그 밤들을 잔뜩 주워 자신의 방에 돌아와 한국에서 비상용으로 챙겨온 휴대

용 버너에 밤을 삶았다. 한 시간이나 넘게 삶아도 밤은 익지 않았다. 다시 한 시간을 더 삶았다. 역시 먹을 수가 없었다. 삶아도 여전히 딱딱한 그 밤을 기숙사 방 한편에 놓아두고 지내던 어느 날, 학교에서 한국 선배와 마주쳤을 때 그녀가 물었다.

"저기, 여기 밤 어떻게 먹어요? 삶으면 안 되는 건가요?"

선배가 잠시 의아해하더니 웃음을 터뜨렸다.

"그거 너도밤나무의 너도밤이야. 못 먹는 거. 너도 그거 주워다 삶았니?"

아니에요, 라고 그녀는 대답했다. 돈이 넉넉한 유학생이었다면 웃고 말았을까.

쓰레기통에 버리면 누군가 알아볼 것 같았다. 다음 날 배낭에 삶은 밤을 도로 넣어가지고 거리에 나와서 아무도 없을 때 다시 쏟아부었다. 자신이 거지처럼 느껴졌다. 부끄러웠고 참담했다. 그러나 그녀는 그때도 아직 울지 않았다.

태풍이라거나 허리케인이라거나 하다못해 사이클론이라는 이름도 없는, 그냥 차고 거센 바람이 부는 밤도 있었다. 밤새 바람이 불고 난 아침이면 가로수들이 뿌리째 넘어져 있는 일도 흔했다. 어머니가 보내준 생활비가 도착하면 우체국에 가서 항공 편지지를 잔뜩 사왔다. 그리고 긴 밤을 새워 편지를 썼다. 가끔 그의 주소로 편지를 보냈다. 그러나 아무 답도 없었다. 그 동네를 떠난 이후 그녀는 그의 소식을 조금도 듣지 못했다. 만일 그가 더 이상 거기 살지 않는다면 편지는 반송되어 올 텐데 그렇지 않았다. 창가에는 늘 어두운 비가 내리고 있던 그녀의 스무 살 언저리의 풍경이었다.

얼마 후 카이머 교수댁으로부터 초대를 받았다. 아버지의 오랜 친구라고 했다. 우산을 들고 비가 내리는 밤길을 걸어 거리를 헤맸다. 늘 그렇듯 주택가의 오래된 돌길이 비에 젖어 번들거렸다. 카이머 교수 부부가 그녀를 마중하러 집 앞으로 나와 있었다. 집으로 들어가려는데 카이머 여사가 그녀의 손을 끌더니 말했다.

"여기 루 살로메가 살던 곳이에요."

자세히 보니 작은 설명문이 하나 붙어 있었다.

'릴케의 집.'

"이 말은 틀렸어요. 여기는 루 살로메의 집이에요. 베를린대 동양학과 교수였던 프리드리히 카를 안드레아스와 결혼해 살았죠. 그런데 어느 날 루를 사모하던 청년 릴케가 찾아와요. 알죠, 루 살로메…… 그때부터 세 사람의 기이한 세기적 동거생활이 시작되었어요."

카이머 여사가 말했다. 그녀는 나중에 도서관에 가서 루 살로메에 대한 책을 찾아보았다. 니체, 릴케, 프로이트 등의 사람들과 사랑과 우정을 나누었던 세기의 여성. 그녀의 집에서 기이한 동거를 했다는 릴케는 노래했었다. 릴케 스물두 살, 루 살로메 서른여섯 살.

내 눈을 감기세요. 나는 당신을 볼 수 있습니다.

내 귀를 막으세요. 나는 당신의 음성을 들을 수 있습니다.

발이 없어도 당신에게 갈 수 있고,

입이 없어도 당신에게 청원할 수 있습니다.

팔을 꺾으세요, 나는 당신을

손으로 잡듯 가슴으로 잡을 것입니다.

심장을 멎게 하세요, 그러면 나의 뇌가 고동칠 것입니다.

당신이 나의 뇌에 불을 지르면

그때엔 피가 되어 당신을 실어 나르겠습니다.

　　　　　　　　　　　　　　─릴케, 「내 눈을 감기세요」

그녀는 릴케의 그 시를 편지에 써서 그의 집 주소로 부쳤다.

"루 살로메, 대단한 여자예요. 사진을 보면 알지만 보통 우리가 생각하는 관능적인 그런 여자가 아니에요. 심지어 흔히 여성성의 상징으로 칭송받는 긴 머리도 없어요. 그녀가 가졌던 것은 자신감과 교양이었지요. 지적 품격하고. 그래서 니체와 수많은 사람들의 사랑을 받았고 심지어 그중 몇 명은 그녀로 인해 자살을 했어요."

카이머 교수가 말하자 카이머 여사가 맞받았다.

"우리가 만난 것은 어느 별이 도운 것일까요? 이 말을 릴케가 아니라 니체가 했답니다. 글쎄 믿을 수 있어요?"

"사랑이 참 독한 것이네요."

불쑥 그녀가 말했다. 카이머 부부가 잠시 웃었다.

"저는 루 살로메를 좋아해요. 스스로 남자를 택하고 스스로 버렸어요. 어떤 섹스 요구도 내키지 않으면 응하지 않았어요. 여기 독일이라 해도 그녀에 대해 잘못 바라보면 남성 편력이 많다든가, 버림받았다든가 하며 수군대곤 했죠. 여자들은 늘 그랬죠. 하지만 그녀는 스스로 택하고 스스로 버렸어요. 그렇게 많은 남자들이 자살을 해도 자신의 탓이라 쓰잘 데 없는 자책도 하지 않았어요. 정말이지 멋진 여성이에요. 심지어 순 독일 여성도 아니고 몰락하는 러시아에서 온 여자였어요."

카이머 여사가 말을 하며 일부러인 듯 그녀를 바라보았다. 따뜻한 눈빛이었다. 용기를 내라는 말 같았고 씩씩한 저 러시아 출신 독일 여성에게 배우라는 말 같기도 했다.

호박 수프로 시작하는 식사를 대접받으며 서투른 독일어와 영어로 이야기를 나누었다.

"아버님 소식은 들었어요. 보기 드물게 훌륭한 학자셨지요. 소식을 듣고 우리 교수들 모두 저녁에 모여 잠시 아버님을 생각하며 묵념을 했어요. 한국의 인권과 민주화를 위해 할 수 있는 모든 일을 하겠다고도 했고."

"감사합니다."

카이머 댁의 거실과 벽 없이 이어진 식탁에는 흰 리넨 식탁보가 덮여 있었고 키가 큰 촛대 위의 촛불 그림자가 간소한 접시들 위로 철창처럼 길게 어렸다. 100년이 넘었다는 아파트는 다른 독일 가정이 그러하듯 추웠다. 촛불이 몇 개 켜 있었고 온 집안의 불이라야 거실의 촉수 낮은 스탠드 하나여서 그녀가 뺨이 터져나갈 듯이 눈물을 참고 있다는 것을 가리기에 좋았다. 여전히 밖에는 비가 내리고 있었다.

"아버지가 마지막으로 우리에게 보낸 편지랍니다."

카이머 교수는 그녀에게 항공우편을 하나 내밀었다. 잘 모르는 독일어가 필기체로 빼곡히 씌어 있었다.

"아마도 한국 정부 기관에 끌려가 고문을 받고 돌아와 쓴 것 같아 보여요. 나치 치하의 감옥에서 죽은 알프레드 델프의 구절을 인용했더군요. 아마도 한국 정부는 외국으로 나가는 모든 우편물을 검열할 테니 알프레드 델프를 인용한 것 같아요……."

그토록 고립무원에 처해지고

그토록 배신당하고

그토록 도움 없이 버려진 이 민족을

사랑해 주옵소서

겉으로는 당당히 진군하며

떠벌리는 그 모든 안전성에도 불구하고 근본적으로는

그토록 외롭고

어찌할 바 모르는 이 민족을

　　　　　　　—나치의 감옥에서 죽은 알프레드 델프 신부

　곤경과 내적 고통 속에 있는 나의 사랑하는 나라 독일에게 강복하며.

　결국 그녀는 울고 말았던 것 같다. 아버지의 유품인 얇은 항공편 편지지에 제 눈물이 떨어질까 봐 그것을 품 안에 꼭 품고서 말이다. 아버지는 언제 이 편지를 썼을까. 엄마는 외출하고 고3인 딸은 안으로 문을 잠그고 들어가 그 당시 새로 나온 디지털 라디오를 하루 종일 틀어 소리의 장막을 쳤다. 아버지는 홀로 일어나 앉아 마지막 힘을 다해 이 편지를 쓴 것 같았다. 새삼 죄책감보다 큰 것이 그리움이었다는 것을 그녀는 깨달았다. 참을 수 없이 아버지의 부재가 느껴졌다. 아버지의 마지막은 원한과 저주가 아닌 축복이었다는 것, 자신을 배신한 나라, 자신을 고문한 민족, 병들어 죽게 한 사람들에 대한 기도였다는 것이 고마웠고 슬펐다. 텅 빈 자리. 어쩌면 아버지는 어느 날 카이머 교수댁의 이 식탁에 앉아 있었으리라.

식탁 위에 켜져 있던 희미한 촛불 아래로도 그녀의 들썩이는 어깨가 잘 보였다. 그녀는 울면서 아무리 많은 시간이 지나도 그녀가 아버지의 부재에 적응할 수는 없으리라는 것을 깨달았다. 영원한 부재, 우리가 이 지상에서 체험하는 유일한 영원, 죽음. 카이머 교수 부부는 아무 말도 하지 않고 조용히 그녀의 울음이 끝나기를 기다려주었다. 그렇게 얼마간을 울고 그녀는 고개를 들었을 것이다.

"감사합니다. 차가운 기숙사 방에서 혼자서는 정말이지 울고 싶지 않았어요."

그렇게 울고 나자 비로소 그녀는 베를린 사람이 된 것 같았다. 그녀는 얼마 후 한국 유학생들의 모임에도 나가기 시작했다. 처음으로 폴콘브로트라는 검은 호밀빵이 입에 맞았고 버터밀크까지 마실 수 있었다.

그녀가 가입한 한국 유학생 클럽은 어두운 방에 모여 앉아 힌츠페터가 찍은 광주항쟁의 학살 필름을 보고 핏발 선 눈으로 토론을 했다. 더러 모여 마약 하시시를 피웠고 더러 그렇게 공부 대신 하시시에 중독되어 갔다. 고국을 내버려두고 여기 있다는 죄책감은 술과 마약의 좋은 조건이었다. 그리고 조국의 현실에 대한 죄책감과 선진국 시설의 안락함은 그 자체로 서로를 강화시켰다. 얼마 후, 한국의 대학에서 그녀와 같은 과에 입학한 70명 중 35명만이 졸업을 했다는 소식이 들려왔다. 많은 이들이 죽거나 감옥으로 가거나 혹은 더러 혁명을 하러 공장으로 떠났다. 그리고 베를린에서 그녀는 유학생인 아름이 아빠를 만나 아름이를 낳았다. 현재 아름이처럼 임신이 먼저였다. 서둘러 한국으로 나와 결혼을 했다. 어머니는 지금처럼 마뜩지 않은 표정이었으나 불러오는 그녀의 배가 모든 것을 합법화해 주었다. 인생은 거리에서 팔리는 통속 잡지에 실린 수기처럼 상투적으로 흘러간다고 그녀는 그때 가끔 동생에게 쓰던 편지에서 말하곤 했었다.

"결국 헤밍웨이도 어떤 여자에게도 정착하지 못했어요. 기질 탓도 있지만 첫사랑 탓도 분명히 있어요. 첫사랑 여자가 배신을 하는 걸 풍문으로나마 들었으니 이해가 가긴 가. 원래 심리학에서 처음 경험의 기억이 중요하다고 하던데. 아까 낮에 우리 헤밍웨이 생가에 갔는데 문득 이미호 선생 첫사랑 이야기가 생각이 나더라니까."

배에 올라 약간의 항해를 한 끝에 석양을 바라보고 나서 일행은 키웨스트 해안가의 바에 들어갔고, 그곳에서 헤밍웨이 이야기를 했다. 그의 첫사랑과 아내들에 대해서, 발가락이 여섯 개인 고양이들에 대해서. 그때 그녀와 같은 방을 쓰는, 심리학을 사랑하는 시인인 영문과 박 교수가 그녀에게 이런 말을 했었다.

"이미호 선생님의 문제는 사람을 믿지 못하는 거지요. 그것도 남자를. 아니 다른 사람에 대해서가 아니라 자신의 연인이 되는 남자를……. 첫 경험은 중요한 것인데, 첫사랑의 남자가 사라져버린 사춘기를 가지고 있었으니……. 그렇게 소개팅을 해준다 해도 다 거절하고."

어조는 가벼웠다. 그녀가 물었다.

"제가 사춘기 시절의 첫사랑 이야기를 선생님께 했더랬어요?"

"예, 이미호 선생이 했으니까 제가 알죠."

그녀가 잠시 생각하다가 웃었다.

"왜 했을까? 저는 그걸 꼭 사랑이었다고 생각하지는 않는데? 아무튼 언제 이야기했는지 모르지만 그때는 그 사람이 다른 사람하고 결혼한 거 모르고 있었어요. 그걸 안 건 최근이니까. 하지만 희미하게 연애 소문을 들었고 그게 나한테 프러포즈 비슷한 것을 한 시기와 겹쳐졌다는 걸 알았죠. 가톨릭 신학생인데 심지어 양다리까지 걸친 거라고나 할까? ……아니면 여고생이었던 제가 과대망상을 했던 걸 수도 있고. 뭐, 아무려면 어때요. 첫사랑이라고 하기에는 너무 싱거웠고 아무 일도 없었거든요."

그녀가 대답하자 영문과 박 교수가 웃었다.

"이미호 선생님, 여러 번 그 이야기 하셨어요. 가끔 맥주 마실 때, 그러고는 올해 교수들 신년하례회 때 우리끼리 뒤풀이했잖아요. 그때도 또 했어. 술이 약간 취하시면 말이에요. 우리 몰래 웃는 거 알아요? 저 이야기 꺼내면 이미호 선생 취한 거야, 조금 있다가 저 집에 갈래요, 취한 거 같아요, 하실 거야. 그러고는 집에 가겠다고 일어서며 그 말도 꼭 덧붙이셨죠. 실은 그게 사랑이었는지도 전혀 모른다고…… 아닌 것 같다고 그랬죠. 기억이 안 나시나요? 재미있네요. 그래서 전 생각했답니다. 매번 저러시는 걸 보니 사랑이 맞나 보다."

갱년기를 지나고 있는 교수들이 사춘기 학생들처럼 와르르 웃었다. 그녀의 얼굴이 살짝 붉어졌고 당혹스러웠다. 심각한 정도로 당혹스러운 것은 아니었다. 술버릇이 있구나 조심해야겠다, 정도라고 할까.

"그러면 이야기한 게 맞네요. 지금도 그 말을 덧붙이려고 했거든요."

"내가 그래도 그것 때문에 이 선생 부러워하는 거 아세요? 전 대학 때 첫 소개팅에서 만난 남자랑 아직도 살고 있다구요. 나도 덧붙이고 싶어요, 제가 그걸 꼭 사

랑이라고 생각하는지는 모르겠어요, 라고. 소위 문학을
전공하고 일단 시인이라는 사람이 이렇게 밋밋하고 재
미없는 인생을 살아도 되는 건가요? 최소 헤밍웨이 정
도는 아니더라도 첫사랑 하나는 완전체로 마음속에서
살아 있다가 비가 오거나 낙엽이 지거나 노래방에서 노
래할 때 떠올려줘야 하는 거 아닌가 몰라요."

주문한 프로즌 마르가리타 잔이 나왔다. 살얼음이
얼어 있는 마르가리타의 빛깔은 먼 바다, 그날 서해바
다처럼 연한 에메랄드빛이었다.

"그런 일이 있었어요."

영문과 김 교수가 입을 열었다.

"저도 실은 고등학교 때 교회에 다녔는데 거기서 동
갑인 한 친구를 사귀었죠. 사랑했던 거 같아요……. 그
런 일 기억나요. 그 아이는 여고를 다니고 나는 남고를
다녔는데, 어느 날 저녁 하교하는 길에 학교 앞에서 군
밤을 사서 먹다가 문득 너무나 간절하게 그걸 주고 싶
어서 그 아이네 집 앞까지 뛰어갔던 거."

"아, 군밤."

"예, 뛰었어요. 군밤이 식을까 봐 열렬히 뛰었죠. 그때

는 날씬해서 빨랐거든요."

그녀와 박 교수 입에서 동시에 탄식 같은 감탄사가 튀어나왔다.

"역시 김 교수님은 어릴 때부터 좋은 남편 기운이 다분하신 분!"

"그리고 전 서울로 대학을 갔고 그녀는 고향에 남았는데 편지가 뜸해지더니 어느 날 군대 갔다가 집으로 휴가를 갔는데 아이를 업은 그녀와 딱 마주쳤어요."

이번에는 남자 교수들의 입에서도 탄식이 나왔다.

"그래, 그땐 그랬어. 핸드폰이 있어요 뭐가 있어요? 편지도 집이 이사 가면 그걸로 끝."

영문과 박 교수가 끼어들자 다른 교수가 웃었다.

"뭐 그걸로 끝은 맞았죠. 하지만 또 생각해 봐요. 만일 그때 핸드폰이 있었더라도 조금 더 사귀다 결국 또 헤어지지 않았을까요?"

김 교수가 미소를 띠고 있다가 다시 말했다.

"어쨌든 그 친구와 저는 그게 마지막이었죠……. 그런데 지난겨울, 제가 안식년으로 미국에 가 있는데 학교 주소로 쓰는 이메일이 왔어요. 그녀한테서……. 유방암 진단을 받았다고, 혹시 가능하다면 죽기 전에 만나고 싶다고."

　모두들 자신의 술잔을 부여잡고 김 교수의 말을 듣고 있었다. 어쩌면 귀는 여기에 있지만 영혼들은 잠시 자신들의 첫사랑이 머물던 장소를 헤매고 왔는지도 모르겠다. 키웨스트 바닷가에는 세상 끝에서 부는 것 같은 세찬 바람이 불었다. 바닷가 술집, 벽이 없는 테라스에 놓인 식탁 위의 냅킨이 붕 하고 날아올랐다. 습기 차고 더운 바람이었다. 그때 그녀의 영혼도 잠시 그녀가 다니던 서울 고층 아파트 단지의 한 성당 언저리를 헤맸다. 어쩌면 첫사랑이라는 단어 때문에 어쩌면 먼 바다와 같은 프로즌 마르가리타의 연한 에메랄드빛 때문에.

　"안식년 중 잠깐 한국으로 나와 약속을 잡았어요. 어느 교외의 레스토랑이었는데 약속 전날 잠이 안 오더라구요. 모든 것이 생생하게 다 살아났어요. 다만 두려웠죠. 어떻게 변했을까. 공연히 만나는 거 아닐까?"

　"그래 그렇겠다. 우리 때 교과서에 실렸던 거 있잖아. 뭐죠? 그 수필……. 거기도 마지막 구절이 '마지막에는 안 만나는 게 더 좋았다' 아니었었나?"

"그게 피천득의 「인연」이지 아마."

여태까지 잠자코 있던 황 교수가 입을 열었다. 다소 뚱뚱했고 술을 못 하던 그는 마르가리타 잔이 반도 비워지지 않았는데 벌써 얼굴이 붉어져 있었다.

"맞아요, 「인연」. 뭐 안 만났으면 좋았다, 로 끝나지 않나?"

그건 아니구요. 뚱뚱한 황 교수가 점잖게 부인을 하고는 마치 시를 낭송하듯 「인연」의 마지막 구절을 외웠다.

"그 집에 들어서자마자 마주친 것은 백합같이 시들어가는 아사코의 얼굴이었다. ……그리워하는데도 한 번 만나고 못 만나게 되기도 하고 일생을 못 잊으면서도 아니 만나고 살기도 한다. 아사코와 나는 세 번 만났다. 세 번째는 아니 만났어야 좋았을 것이다. 오는 주말에는 춘천에 갔다 오려 한다. 소양강 가을 경치가 아름다울 것이다."

일순 침묵이 흘렀고 잠시 후 박 교수가 박수를 쳤다.

"어떻게 그걸 다 기억하고 계세요?"

교과서에 실렸던 피천득의 「인연」을 외우던 황 교수는 순간 당황하듯 눈을 내리깔았다. 그는 왜 이걸 아직도 외우고 있을까? 그녀도 잠시 생각했다.

112

"그「인연」이라는 수필 때문에 우리는 이 다음에 늙으면 절대 첫사랑을 만나면 안 된다고 생각했잖아. 그래서 교과서에 실린 거 아니었을까? 나중에 괜히 첫사랑을 찾아 복잡해지지들 말고 가정들 지키라고."

다른 교수가 말했다. 모두 웃었다.

"그래요, 그 수필 생각도 났어요. 그래서 많이 떨렸죠."

"그래서요?"

김 교수의 얼굴에 이루 말할 수 없이 따스한 미소가 맴돌았다. 얼굴은 주름이 져 있었지만 미소가 점령한 얼굴은 얼핏 소년같이 따스하고 맑았다.

"뜻밖에도 아름다웠어요, 어린 시절보다 더."

듣고 있던 사람들의 입에서 탄식 같은 것이 흘러나왔다.

"어떻게 그럴 수가 있죠? 여자분이 평생을 참 잘 사셨나 보다."

한 교수가 묻자 김 교수가 대답했다.

"그쪽도 말하더군요. 어젯밤 한숨도 못 잤다고. 내가 그랬죠. 내가 많이 변했을까 봐 두렵지 않았느냐고? 그랬더니 대답했어요, 그런 두려움은 없었다고. 어떻게 변해도 그쪽은 그대로일 것 같았다고."

"그래서 계속 만났어요? 몇 번이나요?"

김 교수는 그저 빙그레 웃고만 있었다. 사랑을 해본 자가, 그 사랑이 훼손되지 않았던 자가 가지는 여유는 그 순간 왕관처럼 그의 머리에서도 빛나고 있는 듯했다.

"세 번째는 아니 만나니만 못했다잖아. 교과서에 실리면 시험에 나올 거고 그러니 그게 인생의 정답이겠지. 첫사랑은 몇 번까지 만나야 할까요? 그러면 정답은 두 번⋯⋯. 왜냐? 피천득이 세 번은 안 된다고 했으니까요, 아닌가?"

다른 교수가 말했다. 모두 웃었다.

"더 이상은 재미없으니 여기서 끝! 힌트 드릴게요. 아내에게 말했어요, 다."

김 교수가 익살스레 말을 마치고 자신의 잔을 들었다. 너무나 소중한 기억을 여기에서 웃음거리로 만들고 싶지 않다는 자존심이 엿보였다.

"부럽습니다. 첫사랑 가지신 분들!"

박 교수가 말하자 그녀도 거들었다.

"저도 부럽습니다."

"이 교수님은 왜요? 첫사랑 만나러 뉴욕에 가신다면 서요?"

그녀가 대답했다.

"전 첫사랑도 없고 다음 사랑도 없고 그냥 아직 첫사랑 못한 걸로."

　키웨스트 해변에는 바람이 잦아들고 있었고 이어 다시 부드러운 바람이 불어왔다. 미지근한 밤의 온기 속에서 그녀는 프로즌 마르가리타 잔 가장자리에 묻은 소금을 손가락에 찍어 제 혀에 대었다.

//

    대학에 들어간 해 그녀는 학교 방송국에 들어갔다. 방송국은 마치 지금의 언론사들처럼 시험을 봐야 했다. 장학금이며 몇 가지 혜택이 있었고 나중에 졸업하고 진짜 직업을 찾아 방송국으로 갈 때 가산점의 혜택도 있어 경쟁률이 높았다. 아버지의 해직과 집안의 몰락으로 그녀에게 장학금은 절박했다. 가난해진다는 것은 생각보다 많이 불편했다. 선택이던 것이 필수로 변하는 일이 많았다. 품질이 많이 좋고 가격이 약간 비싼 것보다 품질이 많이 떨어져도 값이 약간 싼 물건들을 고르는 것, 돈이 생기는 일이면 그게 무엇이든 해야 한다는 것, 친구가 식당에 가자고 하면 배가 고프지 않다고 말해야 하는 것, 미용실에 갈 돈을 아끼기 위해 마치 그것이 자신의 취향인 양 생머리를 하염없이 길러 내리는 것 같은 게 그랬다.

　방송국에는 당시 학교에서 가장 잘나가는 사람들이 모여들었다. 그녀가 한 달 동안 쓸 용돈보다 비싼 백을 들고 다니던 동기들도 흔했다. 처음부터 가난한 집안이 아니라, 남들보다 제법 부유한 집안에서 자랐기에 그녀는 그들이 지닌 물품들이 얼마나 비싼지 알고 있었다. 그리고 이제 그 고가의 물품들은 절대로 그녀의 손에 들어올 수 없다는 것도. 자존심을 지키기 위해 그들이 신촌이나 이대 앞 레스토랑이나 디스코텍에서 약속을 잡을 때면 그녀는 늘 도서관으로 가야 했다. 사람들은 그녀에게 지나치게 열심히 공부한다고 가끔 놀려대고는 했었다. 그것만이 그녀의 자존심을 지켜주었다. 선택한 것은 아니었지만 나쁘지 않았다. 그녀는 스스로 그런 이미지를 만들어 도서관에 틀어박혔다. 비가 내리고 모두가 일찍 돌아간 도서관에서 휠덜린의 시를 번역했다. 그런 그녀는 학교 방송국에서 친구를 사귀지 못했다. 그들의 씀씀이에 끼어들 수가 없었기 때문이었다.

　그녀의 목소리가 첫 전파를 타던 날을 기억한다. 단신을 전하는 뉴스 시간이었다. 피디가 부스 밖에서 사인을 보내자 그녀가 소식을 읽어 내려갔다.

"학교 당국은 교정 가로수 나무를 메타세콰이어로 대거 교체하기로 결정했습니다. 메타세콰이어는 박정희 대통령 시절부터 전국 녹화에 적합한 식재로서 각광을 받았으며 나무 한 그루당 이산화탄소 흡수량이 69.6킬로그램, 탄소 저장량이 315.2킬로그램, 바이오 매스 보유량은 630.5킬로그램이나 될 뿐 아니라 나무에서 뿜어나오는 맑고 깨끗한 산소와 피톤치드가 풍부해 교내의 공기 정화에도 기여할 것으로 학교 당국은 내다보았습니다."

메타세콰이어라니. 그런 나무가 있다는 것을 그녀는 그때 처음 알았다. 그 발음을 하기 위해 한 시간을 긴장했었고 등 뒤로 식은땀이 흘러내렸다. 큐 사인이 들어왔을 때, 어떻게 그 멘트들을 다 읽었는지 기억나지 않았다. 그리고 큐 사인이 끝났을 때 그녀는 학교 방송국을 그만두어야 한다는 것을 깨달았다. 메타세콰이어의 발음은 별 탈 없이 지나갔다. 담당 피디도 잘했다고 말했었다. 그러나 무엇인가가 그녀의 마음속에서 이게 아니라고 말하고 있는 듯했다. 왜 그런 생각을 했었을까? 박정희, 라는 이름을 아무렇지도 않게 내뱉고 있는 자신이 혐오스러웠던가. 아버지를 폐인이 되게 한 그 이름. 아니다. 어쩌면 자신이 뱉은 말들, 한 시간도 넘게 연습한 그 메타세콰이어 같은 이국의 말들이 교정의 긴 길과 학생회관 로비와 휴게실에 울려퍼졌을 것을 상상해서였다. 그녀는 생각했다. 내 말들, 내 음성들, 내 언어들…… 그게 어디론가 다 흩어져버리는 것, 이것이 나는 싫어!

　그녀는 어둠 속에서 우주를 찾던 소녀 시절을 보낸 사람이었다. 빛을 위하여 스스로 어둠이 되었다는 〈마리아〉라는 노래를 독창하던 소녀였다. 박정희, 그 이름 때문에 아버지가 고문을 당했고 가족이 어두워졌고 그리고 그녀는 불행했다. 박정희 시절부터 녹화사업을 위해 쓰이던 메타세콰이어라는 말들이 교정에 자신의 목소리로 헛되이 흩어져버리는 것이 싫었다. 그런 사람의 이름을 제 입술로 부르며 그 소리들이 우주를 떠돌게 하는 것을 견딜 수 없었다. 이것이 돌연했으나 확고한 감정이었다.

　선배들 몇몇이 그만두겠다는 그녀를 달래러 연락을 해왔다. 며칠 후 그들과 만나 설득당하기로 하고 약속은 했는데 막상 그날이 오자 나갈 수가 없었다. 그녀는 약속 시간보다 일찍 만나기로 한 커피숍에 가서 쪽지를 남기고 나왔다.

"이해하실 수 없을 겁니다.
그래서 만날 수가 없을 것 같아요.
만나면 말로는 못하겠어요.
헛되리라는 것을 알지만,
알기에⋯⋯
저는 영원한 것을 원해요."

"영원한 것"이라는 방패가 있었다. 돈이 없는 그녀에게 그것은 훌륭한 갑옷이었다.

그리고 한 선배가 있었다. 그녀의 과 선배였다. 마르고 각진 얼굴이 해사하고 눈이 깊고 맑은 사람이었다. 처음 선배를 보았을 때 성당의 그와 닮았다고 그녀는 생각했다. 선배는 그녀를 보면 언제나 반갑게 웃곤 했다. 나를 좋아하는 걸까, 그녀는 가끔 생각했다. 한번은 함께 술을 마시고 버스 정류장으로 걸어가다가 선배가 문득 하

늘을 올려다보더니 "헤겔이 말했어. 절망할 수 없는 것
조차 절망하지 말고……"라고 중얼거렸는데 그때 그녀
의 마음속으로 선배가 들어왔던 것 같았다. 헤겔하고, 절
망할 수 없는 것조차 절망하지 말고, 라는 문장과 함께.

"헤겔 좋아하세요?"

그녀가 물었다.

"좋아한다기보다는 고마워하지."

"네?"

"그중 시간 낭비를 하지 않게 하잖아."

그 서늘함이, 그 교만함이 그녀의 맘에 들었다. 나중
에 보니 그것은 헤겔의 말이 아니라 정현종의 시였지만.
둘은 자주 만났다. 가끔 그가 그녀에게 밥을 사주었다.
뭐라도 보답해야 할 것 같아서 그녀는 어느 날 종이에
횔덜린의 시를 원어와 자신이 번역한 말로 옮겨 적어 그
에게 내밀었다.

"이런 거 하지 말고 나랑 연애나 하지."

그가 말했다. 지금 같으면 그녀는 무어라 말했을까.
화를 냈을까, 성희롱이라고 했을지도 모르겠다. 어쩌면
그렇다, 아니 지금 같으면 그런 짓은 절대로 하지 않으
리라.

"왜 횔덜린의 시를 택했냐 하면요. 우리 교과서에 실렸던 안톤 슈낙의 수필『우리를 슬프게 하는 것들』에서 횔덜린의 시, 라는 말이 나오길래, 그래서."

그녀는 묻지도 않은 말을 했다.

"슬프지. 궁핍한 시대의 시인. 지상의 척도는 이미 사라졌다고 선언한 현자⋯⋯. 신학부를 졸업했으나 신부가 되지 않고 거부한 사람. 생계를 위해 횔덜린은 프랑크푸르트 대부호 가문의 가정교사가 되었다가 거기 여주인과 운명적 사랑에 빠졌어. 당연히 이루어질 수 없었던 그 사랑은 파국을 맞았고 그때부터 그는 정신이⋯⋯."

선배는 제 관자놀이 옆에 동그라미를 그렸다.

신학부 졸업, 신부가 되지 않고, 운명적 사랑, 이루어질 수 없는, 같은 단어들이 그녀의 마음을 막대기로 쿡쿡 찔러대는 것 같았다.

"그리고 인생 후반의 40년 동안 그는 탑같이 생긴 집, 어쩌면 탑에 갇혀 있었어."

"40년 동안요?"

"응."

그녀가 두 손으로 얼굴을 가렸다. 울 듯한 표정이었다.

"왜?"

선배가 물었다.

"너무해서……. 탑에 갇힌 게 문제가 아니라, 어떻게 40년을, 어떻게 그렇게 40년을 살아요."

"슬프긴 하지? 기록에 의하면 횔덜린은 날마다 발광을 했대……. 소리 지르고 울부짖었대. 알지? 우리가 읽었던 루이제 린저의 『생의 한가운데』라는 제목도 횔덜린의 시라는 거……. 헤밍웨이의 『누구를 위하여 종을 울리나』가 존 던의 시인 것처럼. 들어볼래? 「생의 한가운데」라는 시의 마지막이 이거야.

……
아아 그러나 나는 이 겨울날,
어디서 내 꽃을 꺾으랴,
어디서 햇빛을 참으며,
어디서 땅 그림자를 구하랴,
벽은 싸늘하게 앞을 가로막고
바람이 불어 풍향계는 돌고 있다."

선배는 횔덜린의 시를 외웠다. 그리고 그녀에게 말했다.

"궁핍한 시대의 시인을 위하여! 궁핍한 시대의 연애

를 위하여, 자, 건배!"

그녀는 설렜다. 연애, 라는 노골적이고 관능적인 말 때문이었을 것이다……. 어려서는 결코 입에 올릴 수 없던 단어. 성인이 되어야 비로소 말해질 수 있는 그 약간의 날것 같은 야만의 느낌이 있는 언어. 궁핍한 시대, 지상의 척도 같은 말들도 별처럼 빛났다. 집으로 돌아가면 학교에서 파면당한 아버지는 고문 후유증으로 앓고 있고 집은 이미 서울 변두리로 옮겨간 지 오래였지만 횔덜린과 릴케와 토마스 만이 있어서 그녀는 겨우 버티고 있었다.

선배는 술에 취하면 멋들어지게 시를 낭송할 줄 아는 사람이었다.

「사랑이 어떻게 너에게로 왔는가」, 라이너 마리아 릴케.

낮으나 원래 음성이 그리 낮지 않아서 결코 다는 낮지 않은 미성으로 그가 낭송을 시작하면 술자리의 다른 테이블도 문득 고요해지던 시절이었다. 그가 발음하던 라이너 마리아 릴케, 라는 말에는 약간의 한숨과 희미한 제비꽃 향기 같은 것이 묻어나왔다.

　"사랑이 어떻게 너에게로 왔는가.

　햇빛처럼 꽃보라처럼

　기도처럼 왔는가."

　마치 당시 전국 최고의 가수 조용필이 노래 한 구절을 시작하면 객석에서 음표의 일부분처럼 환성이 터져나왔던 것처럼 술집의 남자 여자 들의 입에서 작은 신음이 흘러나왔다.

　"반짝이는 행복이 하늘에서 내려와

　날개를 접고

　꽃피는 나의 가슴을 크게 차지한 것을……."

　"하얀 국화가 피어 있는 날이었다.

　그 짙은 화사함이 어쩐지 불안했다.

　그날 밤 늦게 조용히

　네가 내 마음에 다가왔다."

선배는 반짝이는 눈으로 자신을 뚫어지게 바라보며 두 손을 모으고 얌전히 앉아 있는 그녀를 향해 커다란 제스처를 보여주었다. 그러면 클래식 음악회에 온 것처럼 늘 검은 스커트에 흰 블라우스 혹은 그 위에 검은 조끼를 입고 다니던 그녀는 주변 사람들의 시선을 일제히 받았고 수줍게 고개를 숙이며 웃었다. 그 릴케의 시 속에 등장하는 "네가"가, 그녀라고, 그는 온 세상에 말하는 듯했다. 그것이 그녀를 우쭐하게 했고 그것이 그녀에게 사랑에의 확신과 환희를 주었다. 어쩌면 그것은 그저 상투적인 무대 매너였는지도 몰랐지만.

"나는 불안했다. 아주 상냥히 네가 왔다.
마침 꿈속에서 너를 생각하고 있었다.
네가 오고, 그리고 동화에서처럼
은은히 밤이 울려 퍼졌다."

골목길마다 새로 생겨나는 카페와 박수와 술과 시의 나날들. 얼마간, 아주 얼마간 행복한 시절이었다. 술집 문밖에는 날마다 최루탄 연기가 자욱했지만.

12

그녀는 선배에게 집착하기 시작했다. 수업을 함께 들으려고 했고 그도 불가능하면 수업 시간을 맞추어 점심이라도 함께 먹으려고 했다. 하지만 그는 늘 거기까지, 어쩌면 아주 노련한 자세로 그녀를 자신의 곁에 붙들어두고 그리고 더는 가까이 오지 못하게 했고 더 떠나지도 못하게 했다. 훗날 돌아보니 순진한 그녀 하나를 그렇게 붙들어두기는 얼마나 쉬운 일이었던가. 그녀는 원했으나 그토록 가벼운 연애로도 도피하지 못한 처지였다.

그러던 어느 날 그 선배가 처음으로 그녀의 집에 전화를 걸어왔다. 토요일 오후부터 저녁까지 만나자는 것이었다. 첫 데이트 신청이었다. 크리스마스를 앞둔 어느 날이었다. 옷을 스무 벌도 넘게 갈아입고 화장을 세 번쯤 지웠다 다시 고치고 그리고 그녀는 좀 늦었다.

학교 앞의 술집에는 낯선 얼굴의 군인이 앉아 있었다. 이미 선배와 술을 많이 마신 뒤 같았다.

"인사해, 여기는 이미호. 미호야 인사해, 여기는 우리 과 다니다가 군대 간 내 친구. 잠시 휴가 나왔어."

선배가 말했다. 드디어 선배가 친구들 앞에서 그녀를 공식적으로 인정한 순간이었다. 그녀는 과장되게 폴짝 뛰어 선배의 옆에 바싹 붙어 앉으며 이제 남들이 말하는 그 연애가 공식적으로 시작되는 이 순간을 기쁘게 맞고 있었다.

"참 예쁘다."

군인이 그녀를 보더니 말했다. 감사합니다, 하며 바라보니 조용한 눈동자가 선해 보이는 사람이었다. 하지만 훗날 생각해 보니 젊은 남자가 젊은 여자를 바라보며 참 예쁘다, 라는 말을 뱉을 때 그 눈빛에 어리는 성적인 열망이 전혀 없었다. 무언가 평범하지 않다는 생각은 했다. 하지만 구체적으로 무엇을 감히 짐작할 수 있었을까. 어리숙하고 공상만 가득하던 얼굴에 아직 주근

깨가 남아 있던 그녀가. 하지만 그녀는 자신이 소설 속에서 읽어왔던 그 낭만적 사랑이 시작된다고 믿었다. 모든 나침반들이 이 배는 북쪽으로 가고 있다고 집요하게 말하는데도 고집스레 남쪽으로 간다고 믿는 얼치기 항해사 같았다.

선배가 잠시 화장실을 간 사이, 군인이 그녀에게 물었다.

"그를 사랑하죠?"

소설을 너무 많이 읽은 탓이었다. 아니면 시를.

휠덜린과 릴케의 어긋나버린 사랑에서 아무 교훈도 찾지 못한 그녀는 '내가 없는 사이에 선배는 이미 군인에게 자신이 나를 얼마나 사랑하는지 말했구나, 아직 너무 어린 내가 조심스럽고 부끄러워 말은 못했지만 친한 친구인 군인에게 말했구나, 그래서 그 친한 친구인 군인에게 나를 소중하고 수줍게 소개시켜 주려는구나' 하고 제 마음대로 생각했고, 지능이 모자라는 여자처럼 벙긋거리며 "잘 모르겠어요" 하고 말했다. 마치 그게 '그래요, 전 아직 어리고 그래서 귀엽고 이토록 사랑스러운 여자예요' 하는 표징인 것처럼 어이없이 굴었을 것이다.

"저 친구도 미호 씨를 많이 좋아하네요. 두 분이 행복했으면 좋겠어요."

군인은 천천히 그리고 선한 목소리로 말했다. 야호! 하고 그녀의 마음이 탄성을 질렀다. 선배는 내게 못한 사랑의 고백을 친구에게 했구나. 이상할 것이 하나도 없었다. 우리는 이제부터 행복할 것이다. 당연하지. 어쩌면 결혼을 하고 아이를 둘 낳을지도 모른다. 그녀는 웃었다. 잔을 부딪치며 건배를 하는데 문득 군인이 많이 슬퍼 보인다고 생각했다. 그 얼굴이 남았다. 그냥 군인이, 그냥, 예쁜 후배와 연애를 하는 친구를 바라보는 시기심이었을 거라고 짐작할 뿐이었지만, 그렇게 생각해도 그만이긴 했지만, 그보다 많이 슬퍼 보이던 그 얼굴이 오래.

그 선배와는 독일로 떠나기 전에 끝나버렸다. 그 군인과 만나고 난 뒤 선배는 한동안 자취를 감추었다. 휴학을 하고 군에 가려고 했으나 결핵이 있어서 군대조차 면제를 받았다는 소문이 들려왔다. 이번에는 그녀도 선배를 포기하기로 마음먹었다. 그녀가 독일로 떠나기 얼마 전 그녀는 선배의 집으로 전화를 했다. 독일로 떠난다는 말에, 어쩌면 다시는 보기 힘들다는 말에 그는 마지못하겠다는 듯이 나가겠다고 말했다. 냉랭하게 대하자고 마음먹은 것은 그녀였는데 선배는 뜻밖에도 그녀에게 집요하게 다가왔다. 한 번도 하지 않았던 스킨십을 시도했다. 약간은 무례하고 더 많이 황폐의 냄새가 났다. 그리고 드디어 아직 밤이 다 깊지도 않은 시간 술이 몹시 취해 그녀를 거칠게 붙들고 말했다.

"내 거기에 키스해 줄 수 있어? 너 그럴 수 있어? 해줄래? 해줄래?"

그것은 왕자가 흉측한 개구리로 변하는 순간보다 더 끔찍한 경험이었다.

"이러지 말아요, 선배. 이러지 말라구요, 미쳤어!!"

그녀가 집요하게 다가서는 선배를 밀쳐내며 소리쳤다.

그들은 아직 그녀가 꿈꾸며 제 마음대로 정해놓은 대로 데이트도 제대로 하지 않았고 그들은 아직 손도 잡지 않았고 다른 스킨십은 물론 아직 어떤 사랑의 언어도 나눈 적이 없었다. 아니 심지어 그녀는 그 군인과 술을 마신 날 이후 선배의 얼굴조차 제대로 볼 수 없었다. 그런데 그런 그녀에게 선배가 했던 말을 용서할 만큼 그녀는 그를 몰랐고 사랑하지는 않았던 것 같다. 그때까지 그녀가 아직도 선배의 곁을 떠나지 않고 이 진전되지 않은 사랑의 언저리를 맴돌았던 이유는 선배가 가장 친하다는 친구, 휴가 나온 군인의 증언뿐이었다.

"저 친구도 미호 씨를 많이 좋아하네요. 두 분이 행복했으면 좋겠어요."

선배는 제일 친한 친구라고 군인을 그녀에게 소개했었다. 그러니 군인에게 거짓말을 할 이유가 없었을 것 아닌가. 그녀는 증거라고는 단 하나도 없이 얼치기 육감만으로 용의자를 집요하게 쫓는 어리석고 고집 센 형사 같았는지도 모르겠다. 그러나 이제 그 용의자가 범인이 아니라는 사실을 알아버린 것처럼 그녀는 완벽히 그를 체념했고 이별을 위한 이 만남을 후회했다. 그녀는 그날따라 불을 보고 달려드는 나방처럼 구는 선배를 힘껏 밀쳤다. 취한 선배는 쉽게 술집 골목길 벽에 등을 부딪히며 넘어졌다. 그녀는 가방을 들어 넘어져 있는 그의 머리와 어깨를 때렸다. 여러 번 때렸다…… 뜻밖에도 그는 저항하지 않았다. 이상한 느낌에 그녀가 문득 멈추고 그를 쏘아보았는데 그의 어깨가 들썩이고 있었다. 고통스럽게 일그러지며 눈물이 범벅이 된 얼굴이 보였다. 선배는 왜 우는 것일까. 어떤 것도 이해할 수 없었다. 그녀는 버스 정류장까지 뛰어갔다. 한국을 떠나야겠다는 생각이 구토처럼 치밀어올랐다. 마치 이 땅이 온몸으로 그녀를 밀어내는 것 같았다. 집에 도착할 무렵에는 그녀도 울고 있었다. 온몸에 끈적이는 더러운 콜타르 같은 것들이 묻은 것 같았다. 귀를 여러 번 씻고, 선배가 부비려 했던 하체가 잠시 닿았던 그 바지를 벗어 쓰레기통에 버렸다. 어이없는 첫사랑의 또 다른 파멸이었다.

그로부터 아주 오랜 시간이 지난 후 엄마가 되어 돌아온 그녀는 소식을 전해 들었다. 군인과 선배는 그녀와 술을 마신 그다음 날 다른 친구들 두엇과 함께 바다로 여행을 떠났다고 했다. 언제나 그렇듯 그들은 또 술을 많이 마셨다고 했다. 그날 밤은 달이 휘영청 밝았고 겨울답지 않게 날이 따스했다고 했다. 숙소가 있던 바닷가로 나간 군인은 추운 겨울인데도 바다로 뛰어들었다고, 했다. 말리는 친구들에게 군인은 제 몸을 괴롭히는 이 열기를 식히고 싶다고 말했다고 했다……. 걱정된 친구들이 바닷가에서 발을 동동 구르며 보고 있었는데 군인은 은빛 바다를 헤엄쳐 곧장 앞으로 나갔다고 했다. 자꾸만 자꾸만 헤엄쳐 나갔다고. 먼 바다로 가서 그들의 시야에서 한 점이 된 후 군인은 먼 바다의 은빛 속으로 사라졌다고 했다. 그리고 다시는 돌아오지 않았다고.

그리고 더 많은 시간이 흐른 후 그녀는 그 선배의 얼굴을 동성 결혼 합법화 시위대 속에서 보게 되었다. 순간 그녀의 마음속에서 오래도록 멍 자국으로 남아 있었던 모든 것이 설명되었다. 선배의 애인은 군인이었다. 이렇게 단순한 것, 이렇게 쉬운 것을 복잡하게라도 설명할 수 없어서 피투성이가 되도록 아팠던 젊은 날이라니.

처음으로 그녀는 그때 선배를 그 군인을 어쩌면 비굴했을 스무 살의 자신을 모두 용서했다.

13

공룡관 앞에는 긴 줄이 늘어서 있었다. 조금씩 앞으로 움직이고 있기는 해도 오래 기다려야 할 것 같았다. 그가 아뿔싸, 하는 듯한 표정을 지었다.

"어떻게 할까, 기다렸다가 그냥 여기를 볼까 아니면 여기서 나가 아메리카 생물관을 보고 나서 조류와 영장류를 볼까, 그도 아니면 잉카 유적을 보고 나서 아메리카 생물관을 볼까?"

그녀가 약간 피곤한 표정을 지었다.

"아침마다 바쁘시겠어요?"

엉뚱한 질문에 그가 의아해했다.

"오늘은 출근을 해서 커피를 마시고 서류를 보고 나서 점심 약속을 할까, 점심 약속을 먼저 하고 커피를 마시고 서류를 볼까, 이런 생각을 하느라고요."

그가 잠시 머뭇하더니 그녀의 말 속에 담긴 뼈를 알아차렸다는 듯 피식 웃었다. 볼에 패던 보조개가 뜻밖에 아직도 있었다. 새벽 미사가 끝난 여름 아침, 그녀를 아프게 했던 그 보조개.

"그런 고민은 안 해. 늘 루틴대로 움직이니까. 커피 마시고 회의하고 서류 정리하고 점심 먹고……."

"뭐 하시는 거예요? 제 말은, 생계? 아니면 직업? 그런 거요. 사무실이 이 근처라고 하시는 걸로 봐서 백수는 아닌 것 같은데요."

만난 지 한 시간이 훨씬 넘은 후에 겨우 물은 질문이었다.

"아, 나 사이클 선수."

그가 장난꾸러기처럼 웃었다. 그녀가 가벼이 그의 팔을 때렸다. 그러자 그들은 조금 더 친해진 것 같았다. 그들의 단절되었던 세월이 성큼 줄어들었다.

"여기서 의자를 만들어. 말하자면 사무용 의자. 공장은 남미에 있고. 여기서는 주로 디자인과 마케팅."

신학생으로 헤어졌던 그가, 영원을 이야기하던 그가, 빛이 아니라 어둠만이 우주를 보게 한다고 말하던 그가 의자를 만든다…… 불현듯 웃음이 나왔다.

"오너는 따로 있고 나는 고용인. 그래도 벌써 이 일을 한 지 40년이다."

40년이라는 말이 멀리서 들려오는 것 같았다. 문득 횔덜린 생각이 났다. 신학교를 그만두고 가정교사로 들어간 집에서 부호의 부인과 비극적 사랑을 한 후 40년간 광기에 사로잡혀 울부짖었다는 시인, 탑 속에서. 그런데 그는 40년 동안 의자를 만들었다고 했다.

그들은 계단을 내려가 회랑을 지나 다른 전시관으로 들어갔다. 곤충과 새 들이 있는 방이었다. 아메리카의 곤충과 새가 그들의 40년 만의 만남에 무슨 흔적을 남길 수 있을까. 가장 혼잡하지 않은 곳을 찾다 보니 그들은 새와 나비의 전시관으로 들어서고 있었다. 실내가 많이 더워서 그녀는 코트를 벗어 들고 걸었다. 그녀가 잠깐만요, 하면서 코트를 벗을 때 그가 다른 곳을 보고 있다고 생각했는데, 그녀가 벗은 코트를 들고 다가서자, 그가 "여전히 날씬하구나" 하고 말했다.

"날씬해요? 아닌데…… 아무튼 땡큐. 그렇다면 혼신의 힘을 다한 결과."

그녀가 말하자 그가 웃었다. 그녀는 문득 자신이 살

이 찌고 있을 때마다 혼신의 힘을 다해 그것을 교정하려고 했던 시간들을 생각했다. 이 만남 속에서 그의 시선 속에서 그녀는 처음으로 깨달았다. 언젠가, 마주칠 누군가를 의식하고 보낸 시간이 40년이라는 것을. 스스로도 어이가 없었다.

"뭘요, 오늘을 위해서 몸매를 지키려고 애쓴 건 아닌데" 하고 재치있게 말을 받아넘기려고 했는데 목이 턱 메어왔다. 한국에 돌아와 걷던 길들, 방문했던 전시장과 미술관. 어디서나 그를 닮은 사람들이 걸어다니고 있었던 그 시간들이 떠올랐다. 그들은 새와 나비가 있는 방을 천천히 걸었다.

"저기 저 나비는 봄에 잡혀 여기 박제된 거 같네."

그가 말했다.

"그걸 어떻게 알아요?"

그녀가 묻자 그가 대답했다.

"어떻게 아냐면 나비의 날개가 깨끗하잖아. 가을에 잡힌 나비는, 그래 여기 있네."

그가 약간 옆에 있는 나비를 가리켰다.

"잘 봐봐. 날개 끝이 너덜너덜해. 이게 가을에 채집된 나비들이야. 봄이나 여름에 잡힌 것들은 날개가 멀쩡하지. 반면 1년을 바람 속을 날아다니다 보면 가을에 나비의 날개 끝은 저렇게 해지는 거지."

자세히 보니 정말 그랬다. 말하자면 옷의 끝자락이 해진 것처럼 약간 너덜거리고 있었다. 그녀는 약간의 충격을 받은 것 같았다. 박물관 난방의 열기 때문에 조금 상기되었던 얼굴이 차분해져서 약간 해쓱해지기까지 했으니까. 그가 걱정스레 그녀를 바라보았다. 그녀의 눈에 순식간에 핏기가 몰려들고 있었다.

"어디 불편해? 왜 그러니?"

왜 그러는지 그녀는 알 수 없었다. 그냥 1년을 봄바람과 여름의 거센 빗줄기와 가을의 땡볕 속을 날아다니며 날개가 해어진 모습이 슬펐다. 나비의 날개가 해어진 건 열심히 날아다녔기 때문이야, 하고 말하는 그를 보자 비로소 그를 만난 기분이 든다고 해야 할까. 영원을 말하던 사람.

"모르겠어요. 나비까지 저렇게 힘이 든 줄 나는 몰랐어요."

그녀의 눈에 서둘러 눈물이 고였다. 그도 그녀도 당황스러웠다.

"저렇게 애쓰며 살다가…… 산다는 게 너무……."

그녀가 한 손으로 입을 막았다. 돌연한 기습 같았다. 그가 그녀를 막아섰다.

"어디 가서 뭐라도 마시자. 나도 아까부터 목이 몹시 말라."

그들은 지하의 카페를 향해 방향을 바꾸었다.

자연사박물관을 나오자 다시 거센 바람이 불었다. 그녀가 동생이 준 검정 니트 스카프를 검정색 코트 위로 둘둘 말았다. 그도 파카에 달린 모자를 쓰고 그것을 단단히 여몄다. 박물관 앞 센트럴 파크는 흑백 사진처럼 보였다.

"그렇게 입으니까 꼭 수녀님 같다."

5번가 쪽으로 걸어가며 그가 말했다. 바람 소리가 거세서 거의 소리를 지르는 것처럼 대화를 나누어야 했다.

"저더러 수녀가 될 생각이 없느냐고 물으셨잖아요. 기억나세요?"

그녀가 소리쳤다.

그가 잠시 머뭇거리더니 고개를 저었다.

"기억도 못할 거면서 수녀가 되라고 하다니. 큰일 날 뻔했네. 나는 수녀 싫었어요. 교복도 지겨워 죽겠는데 수녀복이라니."

"기억은 못하는데 미안하구나, 수녀가 되었다면 오늘 만날 수 없었을지도 모르니까."

말을 마치고 그가 센트럴 파크 쪽을 바라보았다.

"저기가 센트럴 파크야. 혹시 기억나니? 영화 〈러브스토리〉에서 저 센트럴 파크 스케이트장에서 두 사람이 스케이트를 타고 마지막 데이트도 하지."

"그래요? 난 마지막 데이트는 모르겠고 도서관에서 만나던 장면이 기억나는데?"

"3월이지만 날이 추워서 지난주까지는 스케이트들을 타던데 오늘은 어쩔지 모르겠다. 스케이트 한번 타볼래?"

그가 어린 시절 장난기 어린 그 눈으로 벙글거리며 웃었다.

"난 춥다는 생각뿐인걸요. 깊은 바다도 추운 얼음도 싫어요."

그녀가 말했다. 순간 그의 어깨가 움찔했다. 그는 잠시 망설이더니 그 모퉁이 길에서 그녀의 코트 팔꿈치를 잡아 끌었다.

"지하철로 가자. 다음 순서는 9/11 메모리얼 파크니까."

그녀는 그가 이끄는 대로 따랐다.

"〈러브스토리〉 OST 생각나? 피아노로 들으면 마치 별들이 반짝이는 것 같고, 크리스마스 전구들이 노래하는 것 같던."

그는 재잘거리기 시작했다.

"그들이 눈싸움 하던 건? 러브 민즈 네버 해빙 투 세이 유어 소리(Love means never having to say you're sorry), 사랑은 미안하다고 말하지 않는다는 말, 그때 정말 좋아했는데."

그는 벙글거리며 걸어갔다.

"차는 회사 주차장에 있어. 가져오려고도 생각했지만 오늘은 금요일이고 효율이 많이 떨어질 것 같아서 그냥 왔어. 여기서 이 노선을 타고 가서 한 번 갈아타면 돼. 지하철을 타자, 괜찮지?"

아주 잠깐이었지만 그가 참 행복해 보인다, 하고 그녀는 생각했다.

그들은 지하철 승강장으로 내려갔다. 귓바퀴를 할퀴는 듯한 바람이 멎고 얼마간 낮은 소리로 대화가 가능해졌다. 열차가 도착했을 때 그들은 열차에 올라 나란히 앉았다. 1978년 춘천으로 가는 열차에 마주 앉은 이후 이렇게 나란히 앉아 가는 건 처음이었다. 그녀가 그런 생각을 하고 있는데 그가 믿을 수 없다는 표정으로 그녀를 슬쩍 바라보았다.

"너와 센트럴 파크 길을 걸어 함께 지하철을 타고 이렇게 앉아 있다니……. 살다 보니 이런 날이 오는구나."

그 말의 의미가 무엇일까 그녀가 곰곰 생각하는데 그가 다시 말했다. 그는 아직 그녀에 대해 아무것도 묻지 않았다. 그는 무슨 생각을 할까. 그가 지하철 패스를 지갑에 도로 넣으려다 말고 그녀에게 사진을 보여주었다.

"우리 큰손자."

아이는 서너 살쯤 되어 보였다. 그와 함께 잔디가 넓은 정원에 서 있었다.

"예쁘다. 저도 올 여름이나 가을 할머니가 되어요."

"그래."

그는 뜻밖에도 더 묻지 않았다. 그리고 설명 없이 지갑을 주머니에 넣었다.

"어디 살아요?"

그녀가 물었다.

"나? 아, 뉴욕."

"어디?"

"어디라면 알아? 뉴욕을 좀 아나?"

"롱아일랜드 알아요. 영화 〈사브리나〉 보면, 오드리 헵번이 자랑스레 말하죠, 저 롱아일랜드 사는 사람이에요. 참, 그리고 〈위대한 개츠비〉도 있다."

"거기 좀 살았었어."

"그럼, 잘사는구나. 그거 다 상류층 배경이잖아요."

"응, 그 상류층들 사는 옆에 못사는 집들 몇 채 있는데 그게 우리 집이었지. 얼마 전부터는 맨해튼에 살아. 사무실하고 가까운 곳, 어퍼이스트 사이드라고."

그러나 그의 말투에는 자부심이 가득 차 있었다. 배가 나오지 않고 머리가 벗겨지지 않은 것보다 그녀는 그게 더 고맙다고 생각했다.

"고맙네요."

그가 그녀를 의아한 눈으로 바라보았다. 그녀가 다시 말을 이었다.

"맨해튼이면 좋은 데겠지, 뭐."

그가 웃었다.

"고마워요. 절 뉴욕 구경 시켜주고 지하철도 태워주고 맨해튼의 좋은 데서 산다고 이야기도 해줘서요."

그녀는 입을 다물며 다시 생각했다.

'살아 있어줘서요.'

15

100miles to Cuba.

쿠바까지 100마일이라는 레스토랑은 키웨스트에서 마이애미로 가는 길가에 있었다. 키웨스트 해변에서 헤밍웨이가 살던 집을 둘러보고 일행은 다시 마이애미로 차를 몰았는데 가는 길에 점심 식사를 할 식당을 찾다가 누군가 길거리에 있는 이 집을 가리켰던 것이다. 마이애미의 봄을 알린다는 진노란 타베부이아 나무가 줄지어 선 아름다운 길이었다. 노랗고 빨갛고 푸른 칠을 한 강렬한 간판과는 달리 쿠바식 카페 안으로 들어서자 야외 등나무 아래 벤치들이 놓인 정갈한 식탁이 늘어서 있었다. 뚱뚱한 여인이 앞치마를 두르고 레스토랑 앞에서 담배를 피우고 있었다. 아마도 그녀가 자신이 떠나온 나라 쿠바를 생각하며 지은 이름 같았다. 진

홍빛 부겐빌레아 꽃잎이 늘어진 정원은 시원하고 아름
다웠다. 언젠가 한 시인이 쓴 「부겐빌레아」라는 시를 본
적이 있었다.

밤새 각혈을 하고 났더니
부겐빌레아,
사람들이 그 붉은빛을 아름답다고 한다.

일행은 생선 요리와 닭, 그리고 캘리포니아산 포도주
를 주문했다. 미지근하고 습한 바람이 불어왔다.

박 교수가 말했다.
"그래요, 100마일이면 쿠바, 라는 소리가 참 슬프게
들리네요."
"더 설명이 필요 없군요. 그리움이 들려오는 거 같아요."
그들은 잠시 레스토랑에 대해 이야기를 주고받았다.
얼굴이 검은, 그러나 매우 잘생긴 히스패닉 청년이 그
들에게 찬물을 날라 왔다. 하얀 반팔 셔츠에 검은 바지
차림이었다. 내일이면 뉴욕으로 날아가 그를 만난다는
생각 때문이었을 것이다. 그녀는 그 흰 셔츠에 검은 바

지 그리고 검은 구두를 신은 청년의 나이를 혼자 가만히 짐작해 보았다.

따뜻한 생선과 뜨거운 닭튀김이 나오고 차고 맑은 캘리포니아산 백포도주가 두어 잔쯤 돌아갔을 때 박 교수가 입을 열었다.

"다들 그렇게 첫사랑의 아름다움만 간직한 거예요?"

첫 미팅 때 만난 남편과 결혼했다는 박 교수는 여전히 첫사랑에 관심이 많았다.

"어젯밤 석양을 보고 프로즌 마르가리타를 마실 때가 천국편이면 이제 지옥편이 시작되는 것인가? 어디 좋아요, 내일이면 이미호 선생이 뉴욕으로 떠난다니 말을 더 이어가볼까요?"

그들은 현지에서 빌린 밴 안에서도 한참을 웃고 떠들더니 이제는 마치 수학여행을 온 대학 시절쯤으로 돌아간 듯했다. 며칠을 한솥밥을 먹은 사이가 되어버린 탓일까, 헤밍웨이의 작품으로 촉발된 첫사랑 이야기가 계속되고 있었던 것이다.

"잘 기록하면『천일야화』쯤 되지 않을까요?"

누군가 말하자 뜻밖에도 그동안 별로 입을 열지 않았던 국문과 황 교수가 입을 열었다. 그들이 피천득의

「인연」이라는 수필을 이야기했을 때 그 마지막 구절을 외우던 황 교수였다.

"이거 제가 이런 이야기를 해도 되나 모르겠습니다마는, 여기 오기 얼마 전에 생긴 일이라 누구에게라도 이야기를 털어놓고 싶었습니다. 아내에게 이야기할 수도 없고."

그는 낮은 목소리였다. 약간 더듬는 기운도 있었다. 그는 누가 봐도 모범생이라고 생각했을 젊은 날을 가지고 있었으리라 짐작되는 얼굴이었다. 술을 잘 못 마시는 그는 첫날에는 전혀 못 마신다고 사양하다가 이제는 두어 잔쯤 마시고 있었다. 누군가 그랬었다. 인간은 모든 것에 적응한다고. 환경과 고단함과 슬픔 어쩌면 매질까지도. 그가 포도주 잔을 두 잔째 받으며 이야기를 시작했다.

"군대 갔다 와서 대학에서 어떤 여학생을 보게 되었어요. 예쁘장하다, 라고 생각했어요. 가끔 마주쳤지만 과가 다르기도 하고 그냥 별 생각이 없었죠. 그러던 어느 날 친구가 그 여학생과 잘 안다면서 혹시 한번 만나보지 않겠느냐고 물어요. 친구는 그 여학생과 잘 아는 사인데 그 여학생이 절 소개해 달라고 했다는 거예요."

"와우!"

일행들이 약간 환성을 올렸다. 진분홍 부겐빌레아는 테이블 가에 늘어져 있고 백포도주는 남국의 태양빛을 농축해 놓은 황금빛이었다. 바람은 습하기는 했으나 서늘히 불어와 덥지 않았다.

"처음 만나 초밥을 먹는데 자기가 돈을 내겠다고 하더라구요. 그래도 제가 군대에 다녀온 선배고 남잔데 싫어 아니다, 제가 내겠다고 했죠. 그러자 그녀가 말했어요. 그럼, 이렇게 해요. 둘 중에 하나를 택해요. 제가 돈을 내게 하든지, 아니면 내게 키스를 하고 그쪽이 내시든지."

생선뼈를 발라 먹던 사람들의 눈이 반짝 하고 빛났다.

"가만요, 그게 무슨 소리예요? 여자가 내든지 아니면 남자가 내려면 키스를 해라?"

박 교수가 묻자 황 교수가 웃었다.

"저어기 잘 상상이 안 되시겠지만 제가 살찌기 전에는 학교에서 한 미모 했었거든요."

"잘하면 이야기가 19금으로 가겠는데요. 우리 이미호 선생 뉴욕으로 가느라 헤어지기 전에 아주 좋은 이

벤트가 되겠네요."

누군가 농담을 했다.

"오우, 당돌한 여학생이었군요. 어떻게 하셨어요?"

"제가 냈죠."

황 교수가 말했다.

"그러면 키스는?"

황 교수의 얼굴이 더욱 붉어졌다.

"했죠."

모두의 입에서 어린아이들 같은 탄성이 흘러나왔다.

"믿으실지 모르겠지만 전 처음이었어요. 그리고 그녀는 저의 여자 친구가 되었죠. 저는 그녀와 결혼하겠다고 마음먹었어요."

"우리 땐 그랬어요."

다른 교수가 말했다. 80년대 초반, 통이 넓은 바지, 나이키 운동화 그리고 길고 덥수룩한 머리들. 손을 잡고 키스까지 하면 결혼을 안 하는 것보다 하는 게 더 쉬웠던 마지막 세대.

"그런데 그녀는 좀 특이한 사람이었어요. 그 당시로는 파격적으로 노브라로 다녔고, 남자 친구도 많았어요. 친구들이 제게 와서 그녀에게 속지 말라고 위험한 여자라고 말했죠. 하지만 저는 그냥 제 믿음을 지켰어요. 일부러 그녀에게 더 이상의 스킨십을 하지 않았어요. 결혼하고 평생을 함께 살고 싶었기에 정말이지 아끼고 싶었거든요."

황 교수는 잠깐 부끄러운 듯 고개를 숙였다.

"한번은 몇 달 간 헤어진 적이 있었는데 어쩌다 다시 만나게 되었어요. 제가 반갑게 포옹을 하자 그녀가 말했어요.

'오빠 정말이지 보고 싶었어. 이렇게 다시 만날 것 같아 오빠랑 헤어져 있는 동안 차에 날 태우고 데이트하던 애들한테…….'"

황 교수는 잠시 망설이는 듯했다. 그리고 말했다.

"'오랄만 허용했어.'"

순간 모두 해쓱한 얼굴이 되었다. 밤도 아니고 술자리도 아니고 더구나 여교수들이 낀 여행 자리에서 이런 일은 좀체로 없는 일이었다. 그러나 지나치게 모범생다운 황 교수의 반듯한 얼굴이 이 이야기가 자칫 음담패설로 떨어질 수 있는 가능성을 아슬아슬 막아주고 있었다.

"와, 보통 여자가 아니네요."

누군가 말했다. 그때 황 교수가 손수건으로 이마의 땀을 닦으며 말했다.

"그녀가 확실히 성욕이 강했어요. 그건 맞는 것 같아요. 하지만 여자가 성욕이 강한 게 잘못은 아니잖아요."

순간 그녀는 멈칫했다. 약하게 뒤통수를 맞은 듯한 기분이었다. 하기는 그녀의 자유연애를 누가 질타할 수 있을까. 베를린에서 카이머 여사가 루 살로메 이야기를 했던 게 떠올랐다.

"아무튼 당시로서는 대단한 여자와 사귀셨네요, 황 교수님."

박 교수가 장내를 정리했다.

"제 혼자 생각이었는지 모르겠지만 그녀는 절 많이 좋아했어요. 따라다니는 남자도 많았고 춤을 추러 갈 남자도 많았지만요. 졸업을 앞둔 무렵 저는 그녀를 경주 우리 집으로 데리고 갔어요. 결혼하려고요. 이제사 말이지만 저희 집은 삼대째 개신교 집안에 할아버지부터 시작해 아버지 어머니는 경주 큰 교회의 장로였어요. 그리고 저희 집은 툇마루가 긴 전통 한옥이었어요. 그런데 그녀가 저희 부모님께 인사를 하고 제 방으로 와서 담배를 피워대기 시작했지요."

박 교수가 큭큭 웃기 시작했다.

"게다가 무려 고도 경주야."

"딴에는 연기를 뺀다고 뒤창도 열어놓고 피웠는데 온 집안에 냄새가……."

일행이 모두 웃었다. 황 교수도 약간 미소를 지었다.

"담배 냄새가 그렇게 멀리까지 진하고 확실하게 퍼지는 것인지 그날 처음 알았죠. 전 평생 담배를 피우지 않아서……. 신앙심 깊은 할머니부터 아버지 어머니 모두 고개를 저으셨지요. 우리 집에서 하루 자고 다음 날 올라간 그녀도 사태를 알아챘어요. 눈치가 빠르고 자존심이 강한 여자였으니까요. 저는 맏아들이었고 생각해보니 결혼은 도저히 불가능한 것이었어요. 모르겠어요, 버거웠는지도. 그래서 저는 그녀를 포기해야 했어요. 사태가 너무 명확해서 그녀도 더는 연락하지 않았지요. 학교에서 가끔 마주쳤는데 그때마다 다른 남자와 다니고 있는 걸 봤어요."

"황 교수님 너무 불쌍하다."

"이야기가 에로물로 시작해 정통 계몽 사극으로 끝나는 느낌인데요."

모두 웃었다. 어쨌든 시간은 위대한 것일지도 모른다.

비극을 희극으로 만드는 촉매제일 수도 있으니까.

황 교수가 다시 손수건으로 땀을 닦았다.

"제가 그때 스트레스로 이렇게 살이 찐 겁니다."

다른 교수가 건배를 제안했다.

"얼마 후 그녀가 결혼했다는 소식이 들려왔고 다시 곧 얼마 후 그녀가 이혼했다는 소식이 들려왔어요. 어떻게 아셨는지 부모님이 저를 부르시더군요. 저는 그때 아직 미혼이었고 사귀는 사람도 없었어요. 그러고는 말씀하셨죠. '애야, 그 애를 데리고 오너라. 이렇게 됐다는 소식을 들으니 이제 그 애를 우리가 거둬야 되지 않을까 싶다.'"

"세상에, 정말 배운 부모님."

다른 교수가 말했다. 황 교수는 잠시 웃다가 느리게 이야기를 계속했다.

"수소문해서 그녀를 찾았어요. 다시 만났죠. 결혼을 하려고 마음먹었어요. 하지만 어느 날 그녀가 다른 남자 두엇과 규칙적으로 잠자리를 가지고 있다는 것을 알게 되었지요. 말하더군요. '아무 사람도 아니야, 그냥 섹스 파트너야. 심지어 전화도 안 하는 사이라고. 그 사람들이 없으면 내가 바쁜 자기한테 매일 만나자고 졸라야 하잖아. 내가 알아서 처리하는 거야.'"

"이야기가 다시 에로로 가는군요, 황 교수님. 참으로 『천일야화』 같습니다."

다른 교수가 말했다. 이번에는 웃기가 좀 어색했다.

"상처가 깊었죠. 그래서 헤어졌어요. 그런데 여기 오기 한 달 전쯤 연구실에 앉아 있는데 갑자기 전화가 울렸어요. 받았죠. 그녀였어요."

"와우!"

여교수들이 탄성을 질렀다.

"헤어진 지 거의 20여 년 만이었어요. 수화기에서 들리는 소리가 감이 좀 멀었는데 '오빠 나 기억해?' 하는 소리를 듣는 순간 신기하게도 그녀인 줄 알았어요."

"와우 황 교수님, 보기보다 파란만장."

"그래서요?"

"그녀가 말하더군요. '나 여기 중국인데 공항 나오는 길에 핸드폰 여권 지갑 다 잃어버렸어. 알다시피 번호를 외우는 게 없는데 오빠가 거기 교수로 있다는 거 알고 있어서 겨우 오빠네 대학으로 걸어 번호 알아낸 거야. 오빠 나 여기 아는 아저씨 통장으로 비행기 값 좀 보내줘. 귀국해서 바로 갚을게' 하더라구요. 그래서 제가……."

"어떻게 하셨어요?"

그녀가 물었다.

황 교수가 포도주를 한 모금 더 마셨다. 그리고 말했다.

"대답하지 않고 바로 전화를 끊었어요."

듣고 있던 교수들이 일순 침묵했다.

"비행기 값 갚으려면 귀국해서 만나야 하고 그게 두려우셨나요?"

박 교수가 물었다.

"아니요."

황 교수가 대답했다.

"뻔한 거죠. 외국에서 지갑 여권 전화기 다 잃어버렸는데 왜 헤어진 지 20년도 더 된 제 번호를 찾겠어요. 이미 가까운 사람들에게 다 이런 전화를 했다는 것, 모두에게 신용을 잃었다는 것, 이제 옛사랑마저 급전을 돌리는 대상이 되었다는 것, 제가 희곡을 전공해서가 아니라, 뭐 이런 각본이 나오는 것 아니겠어요?"

그녀는 문득 황 교수를 바라보았다. 그가 왜 피천득의 수필 「인연」의 마지막을 외우는지 알 것 같아서였다.

"그 집에 들어서자마자 마주친 것은 백합같이 시들어가는 아사코의 얼굴이었다. ……그리워하는데도 한 번 만나고 못 만나게 되기도 하고 일생을 못 잊으면서도 아니 만나고 살기도 한다. 아사코와 나는 세 번 만났다. 세 번째는 아니 만났어야 좋았을 것이다. 오는 주말에는 춘천에 갔다 오려 한다. 소양강 가을 경치가 아름다울 것이다."

16

지하철에서 내려 9/11 메모리얼 파크로 가는 길에
는 폭풍이 불고 있었다. 빌딩풍 때문에 거의 앞으로
전진하지 못할 만큼 거센 바람이었다. 그는 머리를 약
간 숙이고 걸으며 따라오고 있는 그녀를 가끔씩 돌아
보았다.

"많이 힘들어?"

그가 거센 바람 속에서 소리쳤다.

"아우, 못 걷겠어요. 뭐 이런 심한 바람이 다 있어요."

그녀가 소리치자 그가 그녀 곁으로 다가왔다. 그녀는
그의 파카 자락 하나를 붙들고 상체를 반쯤 수그린 자
세로 걸었다.

"우리 조카한테 내가, 제니야 뉴욕 날씨 어때? 옷은
어떻게 입고 가야 해? 하니까 조카가 이모 백두산에 올라간다고 생각하고 입고 와, 특히 맨해튼에 나가려면 하 길래 웃고 말았는데 진짜네요. 정말 너무하네요. 백두산 도 이렇게 바람이 거세진 않을 거야."

그가 바람 속에서 하하, 하고 웃었다.

"그래도 한국이 더 춥잖아. 한국의 바람은 뼛속까지 추웠어."

"아닌데, 거긴 이렇게 바람 안 불어요. 위도도 여기가 서울보다 높은데."

말하다가 그녀는 생각했다. 그리고 자신의 마음의 수 첩에 한 가지 사항을 더 적어 넣었다.

3. 서울에서 그가 많이 추웠구나, 신학생인 그는 많이 추웠구나.

건물의 모퉁이를 돌자 문득 바람이 멎고 뜻밖의 광경 이 펼쳐졌다. 쌍둥이 빌딩이 있었을 거대한 자리가 마 치 두 개의 거대한 호수 혹은 폭포처럼 펼쳐졌다. 이 구 조물을 설계한 건축가가 명명한 건축물의 이름이 〈부 재에의 반추(Reflecting Absence)〉라는 게 설명 없이도 느껴졌다. 가슴이 먹먹해 왔다.

"〈부재에의 반추〉 알지? 어쩌면 〈빈자리를 비추임〉 어쩌면 〈비어버림을 생각함〉이라고 번역될 수 있겠네…….

이 물은 죽은 그들과 그 가족들의 눈물을 의미한다고 해."

신기하게 그 순간만은 바람이 불지 않았다. 아니 바람을 느끼지 못했던 것일까. 엄청난 비극에 대한 기억이 새삼 청각으로 체감되어서 귀가 먹먹했는지도 모르겠다. 옷깃을 여미게 되고 무릎을 꿇고 싶어지는 광경이었다. 죽어간 사람들의 이름은 그 물가에 비석처럼 새겨져 있었다. 베를린 카이머 교수댁에서 보았던 아버지가 앉았었다는 빈 의자들이 수만 개 늘어서 있는 느낌이었다. 그 비석에서 끝도 없이 눈물이 흘러내리고 있는 것 같았다. 루미의 시처럼 모든 '비석들' 하나하나가 물레방아처럼 울고 있는 듯했다. 이름들 위 군데군데 꽃들이 보였다. 20년이 다 되어가는 이곳에 아직도 찾아오는 사람들이 있었다. 이상하게도 찬바람은 전혀 느껴지지 않았다. 그녀는 입을 다물고 그곳을 돌아보았다. 한 송이 흰 장미가 놓여 있는 곳에는 한 여자의 이름 그리고 '그녀의 태어나지 않은 아기(her unborn child)'라는 비문이 새겨져 있었다. 그녀는 잠시 두 손을 모았다.

죽음 앞에서 우리는 새삼 생각하고는 한다. 죽음이란

무엇일까가 아니라 산다는 게 무엇일까, 하고.

그들은 입장권을 가지고 9/11 메모리얼 파크로 들어섰다. 피라미드처럼 생긴 입구를 통과하자 지하로 통하는 에스컬레이터가 나타났다. 그녀와 그는 그라운드 제로에서 그 아래로 내려가기 시작했다.

"저게 무너진 북쪽 타워를 받치고 있던 철근 기둥이야."

그가 가리키는 곳을 보자 아무도 입장하지 못했던 깊은 지하의 세계를 받치는 벽 같은 것이 보였다. 마이애미의 꿈같은 야자수 그늘과 키웨스트의 노을 들이 낙원이었다면 이제 폭풍우 치는 맨해튼의 이승을 지나 마치 사자나 호랑이 대신 죽음이 어슬렁거리는 저승 사파리로 입장하는 기분이 들었다.

"저건 수많은 사람을 살린 생존자 계단. 하지만 저리로 대피하는 사람들을 거슬러 올라갔던 소방관들은 모두 죽었어."

그녀가 눈을 들자 눈앞의 거대한 벽 하나에 온통 로마의 시인 베르길리우스, 버질이라고도 불리는 사람의 시구절이 새겨져 있었다.

No day shall erase you from the memory of time.

(그 시간의 기억에서 당신을 지우는 날은 오지 않을 것이다.)

혜화동 신학교에서 마주친 그는 감기가 걸렸다면서 두꺼운 목도리를 목에 두르고 면회실로 나왔다. 눈이 퀭했고 어두웠다. 이렇게 바람이 차던 어느 봄날이었을 것이다. 그는 들고 있던 영어 잡지를 고3이던 그녀 앞에 내밀었다. 표지에 선량해 보이는 주교의 얼굴이 있었다.

"로메로 대주교님이야. 남미의 주교. 가난한 자들의 편에 서서 홀로 싸우시던 분이 지난주에 돌아가셨어. 순교야. 미사를 드리는 중에 극우들의 총에 맞았어."

그는 아마도 그를 추모하며 홀로 단식을 하고 있는 것 같았다. 감기가 아니라.

"돌아가시기 직전의 인터뷰가 여기 실려 있어."

그가 잡지를 펼쳤다.

"영어 잘하지?"

그가 그녀에게 잡지를 내밀며 그녀의 곁에 다가와 앉았다. 그의 몸에서 알 수 없는 찬 기운이 뿜어져 나왔다. 그는 그녀의 곁에 나란히 앉아 잡지의 기사들을 손가락으로 짚으며 읽어나갔다.

"아시다시피 저는 가난한 집안에서 태어났습니다. 저 역시 배고픈 시절이 있었습니다. 그러나 로마 신학교 시절부터 저는 제 출신을 망각하기 시작했습니다. ……맞습니다. 저는 변했습니다. 하지만 실은 다시 집으로 돌아왔을 뿐입니다."

"형제자매 여러분, 우리 교회가 가난한 사람들에게 먼저 관심을 갖고 그들을 대변한다는 이유로 박해받는 현실이 저는 기쁩니다."

"어느 날 그들이 라디오 방송국을 빼앗아가거나 신문을 폐쇄하더라도 혹은 우리를 아무 말도 못 하게 막거나 사제들과 주교들을 살해한다 할지라도 여러분들은 남아 있습니다. 사제가 없더라도 여러분은 각자 하느님의 마이크가 되어 예언자의 전달자가 되어야 합니다."

"우리가 믿고 있는 평화는 정의의 열매입니다."

여기까지 읽다가 그는 약간 복받치는 듯이 잠시 숨을 멈추었다.

"아무것도 하지 않으셨다면 그는 안전했을 거야. 가난한 자들을 조금만 편들고 나머지는 침묵했다면 그는 안전했을 거야. 조금만 언급하면 존경도 받았을 거야. 그런데 그는 가난한 사람들을 위해 무언가를 했고, 그리고 가난한 자들을 많이 많이 편들었어."

그는 목이 메는 듯했다. 손가락으로 다음 구절을 가리키기만 할 뿐 읽지 못했다. 그녀가 더듬거리며 다음을 읽어 내려갔다.

"저를 믿으십시오. 가난한 사람들을 위해 헌신하는 사람은 누구라도 그들과 같은 운명을 겪을 수밖에 없습니다. 엘살바도르에서 가난한 사람들의 운명은 납치당하고 고문당하며 감옥에 갇히고 시신으로 발견되는 삶입니다."

"만일 그들이 나를 죽이는 데 성공한다면 나는 암살자를 용서하며 축복한다고 알려주시길 바랍니다. 그들이 시간 낭비를 했다는 사실을 깨닫기 바랍니다. 주교 한 명이 죽을지라도 하느님의 교회와 국민은 결코 죽지 않습니다."

"아직 죽지도 않았는데, 이미 암살자를 용서하고 축복한다고 말씀하시다니……. 고난보다 고난을 견디는 말씀들이 아름다워요, 학사님."

"말? 삶이지!"

그는 이를 악문 채로 짧게 대답했다. 그는 날카로워 보였다. 그녀는 그의 고통을 다는 이해할 수 없었다. 그때 아직 아버지는 끌려가지 않았다. 그로부터 한 달 남짓 후면 새벽 어느 날 낯선 사내들이 구둣발로 들이닥쳐 압수수색영장도 없이 도둑들처럼 그녀의 집을 난장판으로 뒤집어엎고 파자마 바람의 아버지에게 거의 강제로 옷을 입게 한 다음 끌고 가 모질게 고문했겠지만, 그리하여 결국 그녀에게도 이 모든 야만의 상황들이 낯설지 않게 되었겠지만 그때까지 그녀는 이런 말들이 그저 두려웠다.

하지만 그녀가 기억하는 것도 있었다. 기사 말미에 있던 죽은 주교의 사진. 관 속에서 잠든 암살당한 주교의 얼굴은 저녁 서재에서 책을 읽다가 하느님의 부름을 받은 부유한 사제처럼 품위 있고 평화로웠다. 심지어 약간의 미소를 띤 것도 같았다. 이상하다고 그녀는 생각했었다. 분명 육체는 총을 맞은 순간, 극심한 고통을 느꼈을 것이었다. 그것이 아무리 짧은 순간이라 해도 그럴 것이다. 육체는 뇌의 통제를 받기도 전에 고통 때문에 바로 일그러졌을 것이다. 그런데 죽은 이 사제의 얼굴은 평온하다. 암살 현장을 찍은 사진에는 머리가 피투성이가 된 채로 쓰러져 있는 주교가 있었는데 완전히 죽어 누운 주교의 얼굴은 온화하다. 그렇다면 육체가 죽기 직전, 영혼이 있다면 그것이 이 육체를 떠나기 직전, 무엇인가가 고통으로 일그러진 그의 육체를 폈다는 말일까. 만일 우리에게 영혼이 있다면 육체가 치명상을 입고 죽어가도 영혼만은 조금도 다치지 않아서 자신이 깃들어 있던 집을 마지막으로 깨끗이 정돈하고, 자신에게 가장 어울리는 상태로 매만지고 떠났다는 말일까? 마치 품격 있는 집 주인이 이사를 가기 전, 그 집을 깔끔하게 청소하는 것처럼?

그가 너무 힘들어 하기에 그녀는 짧은 면회를 마치고 집으로 돌아와야 했다. 혜화동 신학교에서 종로5가까지 걸어와 지하철 1호선을 탔다. 지하철은 남영역에서 지상으로 나와 한강을 건너 그녀의 동네까지 갔다. 언제나처럼 그랬다. 그럴 때 한강에서는 노을이 짙었다. 덜커덩거리는 소리는 기차를 연상시켰고 기차는 그와 그녀가 함께했던 첫 공간이었다. 그래서 그녀는 늘 지하철 1호선을 타고 좀 멀지만 집까지 걸어오고는 했었다. 며칠 후 그에게서 긴 편지가 도착했다. 다시 로메로 이야기였다.

"어떤 성명서로도 말할 수 있는 모든 것을 말하지 못합니다. 어떤 기도도 우리의 믿음을 온전히 표현하지 못합니다. 어떤 고백도 완벽하지 않습니다. 어떤 사목 방문으로도 신자들과 완전히 하나가 되지는 못합니다. 어떤 사업으로도 교회의 임무는 완성되지 못합니다. 어떤 목표도 모든 것을 포함하지 못합니다."

"여러분, 불의와 살인과 고문으로 여러분의 손을 더럽히지 마십시오. 나는 여러분을 사랑합니다."

그는 로메로의 말을 쓰고 다음 글을 이었다.

　교회는 로메로를 지켜주지 않았어. 가난한 시절을 잃어
버리고 부자의 편에 선 주교들은 심지어 로마 교황청에 가
서 로메로 주교가 공산주의자라고 음해를 했지. 로메로 주
교가 아침에 눈을 뜨면 밤새 고문당해 눈알이 뽑히고 피부
가 벗겨진 사람들의 시신이 거리에 널려 있었어. 로메로에
게도 그런 죽음이 다가오고 있었지만 로메로는 물러서지
않았던 거야.

　생각해 보았어. 신부가 된다는 것, 그건 어쩌면 이렇게 음
해당하고 죽는 것을 각오해야 한다는 것, 남을 위해 죽을
수 있어야 한다는 것. 다시 생각했어. 한국 교회는 이제 가
난하지 않아. 한국의 신부들은 절대로 가난하지 않고. 그런
데 나는 홀로 가난할 수 있을까? 나는 홀로 가난한 이들의
편에 섰다가 죽을 줄 뻔히 알면서 그 길을 갈 수 있을까?
나는 그런 신부가 될 수 있을까? 작년 부산과 마산에서 학
생들이 총칼에 쓰러졌어. 끌려가 고문당했고, 감옥에 갇혔
어. 그때 나는 그들이 총칼 앞에서 죽어갈 때 누가 나를 고
문하고 죽인다고 위협해도 로메로처럼 살고 로메로처럼
죽을 수 있었을까.

그날의 편지를 기억하는 것은 그 두께가 두꺼웠기도 했지만 그가 이렇듯 자신의 갈등을 어리면 어리다고 할 수 있는 그녀에게 토로한 것이 처음이자 마지막이었기 때문이었다. 그날 밤 그녀는 기도했다. 간절했던 기억이었다.

'하느님 제가 양보해 드릴게요. 그 사람을 처음 계획대로 신부가 되게 해주세요. 하지만 조건이 있어요. 로메로 대주교님처럼 암살은 당하지 않게요. 암살당하지 않고도 가난한 사람의 편에 서는 좋은 신부가 되게 해주세요. 제 뜻이 당신의 뜻과 같다면 이루어지리니 저는 감사합니다. 릴케가 그랬던 것처럼 이 기도는 당신과 나 이외에 아무도 알 수 없을 것이니 주님께서 저의 진실함을 알아주실 것입니다.'

그리고 5월이 왔다. 아버지가 끌려가고 모든 대학에 휴교령이 내리자 그도 신학교 기숙사를 나와 동네 성당으로 돌아왔다. 신학생인 그가 미사에 빠지고 술독에 빠져 산다는 소문이 들려왔다. 엄마는 남영동 대공 분실 앞에서 날마다 허탕을 치고 돌아왔다. 변호사가 애를 써주고 있지만 어쩔 수가 없다고 했다.

집으로 돌아가면 엄마는 전화기를 붙들고 언성을 높

이고 있었다.

"어떻게 그러실 수가 있어요? 우리 이 교수가 선생님께 어떻게 하셨는데 이러실 수가 있어요? 독일에서 비자 안 나올 때, 저희 집에 오셨죠? 저 그때 우리 집에 선생님 한 달이나 모시고 있었어요. 이 교수가 선생님 일이라면 얼마나 발 벗고 나섰는지 다 잊으셨나요?"

아버지가 끌려간 이후 그전에는 자주 울려대던 전화벨이 단 한 번도 울리지 않았다.

"미호야, 잘 들어. 인간들이 이렇다. 남의 불행 앞에서 언제 그랬냐는 듯 비겁하게 도망들 가고 있어. 니 아버지가 얼마나 그들에게 잘했는데, 어떻게……."

어머니도 그녀도 늘 그녀의 집에 드나들던 아버지의 친구들과 제자들과 지인들의 배신이 아버지의 감금과 고문만큼 힘겨웠다.

"그 사람, 어떻게 그럴 수가 있니? 늘 우리 집에 와서 아버지에게 온갖 도움을 받아놓고 내가 도와달라고 하자 아예 꽁무니를 빼고 이젠 전화도 받지 않고 아예 나타나지도 않아."

그녀는 고3이었다. 그 이후 인생에서 숱하게 겪을, 뜻밖의 고난의 순간이 오면 믿었던 사람들은 약속처럼 다 사라지고 엉뚱한 사람이 나타나 곤경에 빠진 자신을 돕는 그런 일이 그때 처음 시작되고 있었다. 여름이 되어도 수은주는 더 오르지 않았고 성적이 미끄러지듯 떨어져내리기 시작했다. 그녀는 성당에도 가기 싫었다. 인간이 싫었기 때문이었다. 광주에서 몇천 명의 사람들이 학살당했다는 소문이 검은 안개처럼 퍼지고 있었던, 환멸이 가득한 서늘한 여름이었다.

"그때 죽은 사람이 2,977명, 그중 2,600여 명이 여기서 죽었어."

그녀가 고개를 끄덕였다.

"기억나요, 하루 종일 그 광경이 TV로 방송되었죠. 내가 지금 대학에 부임한 첫 학기라서 더욱 생생해요."

"그랬구나. 우리 둘째가 여기 근처 학교에 다니고 있었어. 나는 그날 여기로 달려왔었지. 다행히 아들은 무사했는데 그 이후로 나는 여기서 계속 사람들과 함께 자원봉사를 했었어."

커다란 모니터에는 쌍둥이 빌딩에 여객기들이 충돌하는 테러 화면이 반복되고 있었다. 2001년 9월 11일. 20세기를 살고 21세기를 지구에서 맞은 인류 중에서 저 장면을 망각한 사람이 있을까? 사망한 소방관들의 얼굴 사진이 있는 방에 들어가자 그녀의 다리에 힘이 빠지기 시작했다. 산 자가 구경하며 버티기에는 너무 많은 죽음들이 거기 있었다.

"아직도 기억나. 끔찍했던 건 지독한 먼지였어. 먼지가 일주일이 넘도록 가시지 않았지. 하지만 사람들의 헌신은 굉장했어. 성조기를 단 조끼를 입고 우린 정말 열심히 복구를 도왔지."

그녀는 문득 그를 다시 바라보았다. 돌연한 느낌이었는데 그가 이제 정말 코리언 아메리칸이라는 게 느껴졌다. 1979년, 박정희가 암살당한 것이 역사의 심판이라고 말한 사람은 그녀 주변에서 그와 아버지 둘뿐이었다. 노조를 만들다가 끌려가던 여공들을 보며 일주일이나 단식하며 기도했다고 말했던 신학생. 그들을 공산주의자가 아니라고 말한 사람도 그녀 주변에서 그와 아버지뿐이었다. 광주학살의 주범 전두환이 79년 12월 12일 군대를 서울로 이동시킬 때 그걸 알고도 눈감은 미군은 광주에 대해 책임져야 한다고 말한 사람도 그와 아버지뿐이었다. 그런데 지금 40년 만에 만난 그는 미국의 심장 한복판인 맨해튼 그라운드 제로에서 그녀에게 말하고 있는 것이다. 성조기를 단 조끼를 입고, 라고. 이집트 사람이었던 유대인들이 40년을 헤맨 후 이스라엘 사람으로 바뀐 것처럼 그도 40년을 미국에서 살고 아마도 그렇게 변해갔다고 생각해야 할 것 같았다.

　부서진 소방차와 구부러지고 휘어진 철근들, 무너지지 않았던 허드슨 제방들을 가르며 그들은 지하세계의 여기저기를 걸었다. 죽음의 기록들은 끝이 없었다. 잠시 쉬고 있는데 그가 어디선가 물을 두 병 사와 하나를 그녀에게 내밀었다. 그러고는 불쑥, 정말이지 난데없이 물었다.

　"우리 그때 갔던 바다 기억나니?"

　놀란 것은 그녀였다. 그는 아직도 그걸 기억하고 있었구나 싶었고 왜 지금 그걸 물을까 의아해서였다.

　"그럼요. 제가 얼마나 기억력이 좋은데요. 몽유도잖아요, 서해에 있는 섬."

　"그래 몽유도. 그게 아마 네가 고2 때였지, 중고 연합 여름 수련회."

　먼 바다라고는 해도 물이 그리 깊지는 않았던 것 같다. 연두에 가까운 에메랄드빛 바다 수면 위로 햇살들이 반짝이며 쏟아져내리고 있어서 어쩌면 투명하게도 보였다. 대기는 습해서 무더웠지만 일단 바다에 잠기고 나면 물 속은 멧비둘기 품처럼 훈훈해서 헤엄치기 좋은 날씨이기는 했다. 그와 친구들의 머리는 넓고 잔잔한 바다 위에 고무공처럼 떠 있었다. 그와 친구들의 웃음소리가 간간히 수면 위로 반사되어 해변으로 울렸다. 그녀는 그 바다가 잘 보이는 언덕, 구부러진 소나무들이 바다를 향해 서 있는 숲에 혼자 서 있었다. 그들과 함께 헤엄칠 수 없었던 건 그녀에게 깊은 물 공포증이 있었기 때문이었다.

그녀는 발이 닿는 얕고 가까운 바다에서 친구들과 헤엄치고 있었다. 간식을 먹으러 바닷가로 나오자 그가 말했다.

"이거 먹고 좀 먼 바다로 나가자."

어떻게든 그의 눈에 띄고 싶었던 그녀가 굳이 대답했다.

"저는 못 나가요. 전 어릴 때 물에 빠진 기억 때문에 발이 닿지 않는 곳에 가면 멀쩡히 헤엄치다가도 몸이 굳어버려서 그대로 물에 빠져요."

그러자 그가 장난꾸러기처럼 다시 말했다.

"내가 있으니 괜찮아. 게다가 로사 너는 헤엄도 잘 치잖아."

"안 된다니까요. 누구보다 수영에 자신이 있지만 발이 닿지 않는다고 느끼면 생각하기도 전에 몸이 굳어버려요. 그러니 먼 바다까지 가면 전 죽을 거예요."

"괜찮다니까, 빠지면 내가 잡아줄게. 모두 가자. 자, 출발!"

친구들이 그를 따라 바다로 뛰어들었다. 그는 옅은 파도 위를 달려나가면서 그녀를 돌아보았다. 그녀는 뒷걸음질치며 고개를 저었다. 그가 따라오라고 손을 흔들었지만 그녀는 따라가지 않았다. 그를 따라 먼 바다로 나가는 친구들이 그녀는 많이 부러웠다. 그녀는 그의 모습이라도 보려고 바다가 잘 보이는 언덕으로 뛰어 올라갔다.

잠시 후 그들이 돌아왔다. 그가 물이 뚝뚝 떨어지는 몸을 다 닦지도 않고 그녀가 있는 쪽으로 다가왔다.

"또 나갈 사람 있어? 이번엔 더 멀리 갈 거야. 특히 깊은 물 공포증 있는 사람들 우대해 줄게."

어린 그녀가 생각해도 그의 말들이 우스웠다. 신학생이기에 그는 그녀에게 애정을 표현할 수 없었고 표현해서도 안 되었지만, 들켜서는 안 되는 사랑을 기필코 들키고 싶다는 이야기였다. 그녀는 고개를 저었다.

"못한다니까요. 전 죽을 거예요."

그는 생수를 한 모금 마시고 그녀를 바라보았다.

"그날 너랑 나랑 둘이 먼 바다로 나갔었잖아."

휘익하고 회오리 바람이 일어나는 것 같았다. 『오즈의 마법사』에 나오는 도로시를 들어 올린 바람처럼 그것은 힘이 제법 셌다.

"무슨 먼 바다요? 저는 깊은 물에서 헤엄 못 쳐요."

그가 잠시 바람이 빠지는 듯 웃었다. 그리고 너무나 당연하다니 더 이상은 설명하기 싫다는 듯 단호하고 가볍게 말했다.

"나갔어. 나랑 둘이."

문득 진실이라는 생각이 들었다. 그가 더 우기지 않았기 때문이었다. 그녀는 생각했다. 몽유도. 죽음의 기록으로 가득 찬 이 지하공간에서 그는 왜 갑자기 그들 인생의 가장 빛나는 순간을 호명하는 것일까.

19

그녀가 깊은 물까지 헤엄쳐 나갔다는 것은, 심지어 그와 단둘이 나갔다는 것은 기억나지 않았다. 심지어 그녀는 아직까지 깊은 물에서 헤엄친 기억이 없다. 그렇지만 그의 말도 의심스럽지 않았다. 난데없는 혼란이 밀려왔다. 뭐라도 더 말을 해야지 싶었으나 무슨 말을 어떻게 해야 한단 말일까. 그가 시계를 들여다보았다.

"7시에 식당을 예약해 놓았어. 이제 슬슬 나가야겠다. 아까도 말했지만 금요일 저녁이라 택시를 못 타. 지하철로 가자. 그러려면 이제 나가야 할 거야."

그녀는 그냥 그를 따라 일어섰다. 먼 바다로 헤엄쳐 갔든 아니든, 새벽부터 일어나 짐을 싸고 비행기에서 내려 저녁까지 온 일정이 피곤하게 느껴졌다. 몇 개의 방에서 전시된 주검들의 기억을 지나자 다시 지상으로 올라가는 에스컬레이터가 있었다. 그녀가 먼저 타고 이어 그가 올라섰다.

"생각해 보면 참 위험했어. 우리 그때 죽을 수도 있었어."

한 계단 아래에 서서 그녀와 키가 같아진 그가 다시 말했다. 또 먼 바다 이야기인가 싶었지만 전혀 기억나지 않았다. 이상했다. 그녀는 뛰어난 기억력을 가진 사람이었다.

"뭐가 위험했겠어요? 그래봤자 해수욕장이었는데."

기억을 두고 실랑이를 벌인들 무슨 소용일까 싶어 그녀가 말했다. 에스컬레이터는 지상으로 오르고 있었다.

"아니야, 꽤 위험했어. 그때 만일 먼 바다에서 난데없는 이상한 파도라도 다가왔다면 우린 둘 다 휩쓸려 죽었을 거야."

내가 그렇게 멀리 나갔을 리가 없어요. 전 깊은 물 공포증이 있어요. 어릴 때 수영 배우다 깊은 물에 빠진 이후 단 한 번도 깊은 물에서 헤엄친 적이 없어요. 아직까지도요, 라고 말하려는 순간 그가 말했다. 역시나 중얼거리는 듯했다.

"어쩌면 우리 거기서 같이 죽었더라면 더 좋았을지도

모르겠어."

"네?"

잘못 들었나 싶어 그녀가 큰 소리로 되물었다. 에스컬레이터는 이제 지상으로 거의 오르고 있어서 다시 찬바람이 느껴지기 시작했다.

"같이 죽었어도 좋았겠다구."

그가 피식 웃었다.

"그게 인생이잖아."

그닥 큰 소리도 아니었다. 많이 되뇌어서 익숙한 발음들 같았다. 이제는 비행접시가 도착하고 자기보다 나이가 많은 수염이 허연 할아버지가 거기서 내려 "할머니 내가 할머니 손자예요, 앞으로 함께 살아요" 하는 것보다 더한 혼란이 왔다. 이곳에서 너무나 많은 죽음을 보았기에 그는 또 죽음을 떠올린 것일까. 이해할 수 없었다. 그렇게 위험한 수영이었다면 그녀의 기억에 남지 않을 리가 없었다. 에스컬레이터는 지상에 도착했다. 그녀가 먼저, 이어 그가 지상에 발을 딛었다.

지상으로 나오자 거대한 회색의 폭풍이 다시 몰아쳤다. 그들은 말없이 걸었다. 그라운드 제로, 라는 의미가 새삼 그녀에게 떠올랐다. 그라운드 제로, 핵무기가 폭발

한 지점 혹은 피폭의 중심지를 의미하는 군사 용어지만, 9/11 테러가 발생한 이후 월드 트레이드 센터 붕괴 지점을 뜻하는 고유명사가 된 단어. 사전적 의미로 그라운드 제로는 폭탄의 낙하점, 핵폭발 바로 위 또는 아래의 지점. 그녀의 마음속에서 무언가 거대한 폭탄이 터졌다는 것을 그녀는 감지했다. 그러나 아직은 어떤 감각도 의식도 느껴지지 않았다. 그 폭탄이 꼭 지금 터진 것이 아니라는 것도 알았지만 결과는 같았다. 극한의 무감각? 아마도 여기는 그라운드 제로 아닌가, 폭탄이 터진 그 장소.

그들은 지하철을 타기 위해 월드 트레이드 몰로 들어섰다. 아까 메모리얼 파크가 죽음의 공간이었다면 이곳은 살아 있음의 공간이었다. 환했고 넓었고 화사했다. 가득 찬 사람들은 좌우로 움직이고 있었다. 그날 100층 빌딩에서 낙엽처럼 한 점으로 떨어져내리는 사람들을 그녀는 기억하고 있었다. 그렇게 아래로 떨어진 사람들은 죽었다. 그리고 위로 올라간 소방관들도 죽었다. 이제 상점들은 명랑했고 물건들은 가득했다. 팔고 사고 걷고 뛰고 이것이 삶의 징표일까. 그때 이런 사람들이 순식간에 죽음으로 변했던 것일까.

"여기서 기념 사진을 보통 찍곤 하던데, 여기 난간에
서면 저 아래 몰의 광장이 다 보이거든."

그가 다시 뉴요커 가이드인 것처럼 말했다. 하기는
9/11 메모리얼 파크에서는 사진을 찍을 엄두도 못 냈으
니까 이쯤에서 사진 한 장쯤 찍는 것도 나쁘지 않을 것
같았다.

"그럴까요?"

그녀가 난간 쪽으로 걸어가 포즈를 취했다. 그가 약
간 당황한 듯 그녀를 바라보았다.

"네 핸드폰을 줘."

"네?"

그렇게 많이 친하지 않다 하더라도 이런 경우 자신의
핸드폰을 꺼내 "찍어드릴게요" 하는 사람이 대부분이었
는데, 그는 주머니에 있는 자신의 핸드폰을 꺼내지 않
았다.

"아, 예."

그녀가 매고 있던 커다란 쇼퍼 백을 뒤져 한참 후에
야 핸드폰을 찾아냈다. 보통 시간이 오래 걸리면 자신

의 핸드폰으로 찍고—그들은 서로 전화번호를 알고 연락하던 사이니까—나중에 사진을 보내줄 텐데, 그는 그녀가 큰 가방을 뒤져 핸드폰을 찾아낼 때까지 무심히 서 있었다. 어색하게 그녀가 다시 난간으로 다가갔고 그가 사진을 찍었다. 그녀에게 핸드폰을 건네는 그가 힘이 빠져 있다, 라고 그녀는 문득 생각했다. 핸드폰을 받아 사진을 확인하니 바로 지워버리고 싶을 만큼 사진은 형편없었다. 그녀는 다시 한 번 사진을 들여다보았다. 사진의 초점이 하나도 맞지 않았다. 그는 떨고 있었구나, 그녀는 문득 생각했다. 그녀는 마음의 수첩에 하나를 더 기록하려 했다.

1. 혼잣말을 한다. 마치 혼자 사는 사람처럼.

2. 언제나 자신밖에 모른다는 비판을 듣는다. 어쩌면 아내나 어쩌면 어머니에게 들었을 말.

3. 서울에서 그가 많이 추웠구나, 신학생인 그는 많이 추웠구나.

4. ……

그녀는 아무 말도 쓰지 못했다.

"사진 괜찮아?"

지하철을 타러 걸어가며 그가 물었다.

"음, 아뇨. 솔직히 말하면 지우고 싶어요."

그는 웃었다.

"솔직히 기분대로 말하고 그때그때 내키는 대로 행동하는 것은 여전하구나."

그녀가 웃음기를 거두고 그를 바라보았다. 그녀의 단점을 이렇게 기억하고 있다는 것이 놀랍기도 했다. 이건 그녀의 남편이 그녀에게 하던 말이기도 했다. 무언가 당황스럽고 어두운 기운이 드리워진 듯했다.

"괜찮아. 그래도 예뻐. 내 인생에서 너보다 더 예뻤던 사람은 없었어."

왜 그 자리에서 그는 그런 말을 했던 것인지 그녀는 아직도 이해하지 못한다. 먼 바다로 나가 그때 죽었어도 좋았다는 말은 무엇이며 대체 이게 무슨 영문일까 싶은 순간 그녀의 입에서 비명이 터져나왔다. 비명을 질러놓고 생각해 보니 그건 분노 같았다. 왜냐하면 그녀가 비명을 지르며 휘청거리자 놀란 그가 그녀의 팔을 잡으려고 했고, 순간 그녀가 거칠게 그의 팔을 뿌리치며 화를 냈기 때문이었다. 그녀로서도 자신의 행동이 이해되지 않았다.

"왜 그런 말을 하는 거죠?"

이제사? 하는 말을 그녀는 차마 하지 않았다. 하지만 그 자리에 서서 월드 트레이드 몰의 화사하고 광활한 광장에 서서 대거리를 하듯 그에게 묻고 싶었다. 그녀를 이곳으로 불렀던 그 질문, 40년 동안 그녀를 미안하게 만들고 벼르게 했던 그 질문. '고3인 내게 그런 말을 하고, 내가 기다린다고 했는데도 왜 놀이터로 나오지 않았던 거지요? 편지에는 왜 아무 대답도 없었던 거죠? 그리고 결혼은 곧이어 딴 사람하고 하고 어떻게 그런 일을 저질러놓고 그리고 이제 와서? 우리가 죽어도 좋았다는 말은 무엇이고 네가 가장 예뻤다는 말은 또 무슨 뜻인가요, 네? 말 좀 해봐요.'

목울대를 타고 무엇인가가 울컥하고 넘어왔다. 이것의 정체를 알 수 없었다. 그녀는 당황했다.

'이상한 일이야. 나는 지난 40년 동안 이게 궁금한 적이 단 한 번도 없었어.'

그도 그녀도 어색하게 그 넓고 광활하고 화사한 몰 광장에서 멈추어 서 있었다. 마치 그녀 마음속의 이야기를 다 들어버린 듯 그는 해쓱해 보였다. 아니 만났어야 좋았을 것이다, 라는 피천득의 글이 떠올랐다. 여기서 뛰어 가버리고 싶다는 생각도 들었다. 뭐 하러 그를 만난 것일까, 후회가 됐다. 대체 이 돌연한 분노는 또 무엇이란 말일까. 스스로도 알 수 없었다.

"미안하다고는 말하고 싶지 않아요."

그녀가 말하자 그가 잠시 굳어졌다가 웃었다.

"그래, 하지 마. 그런 말은 서로 하지 말기로 하자."

그들은 다시 지하철을 타러 지하로 내려갔다.

"저녁 식사에 내 여동생 오라고 했어. 기억나?"

기억이 났다. 나이 차이가 많이 나던 그의 여동생, 그가 파리하다면 그와는 다르게 동글거리며 귀엽게 생겼던 여동생.

"기억나죠. 여기 있어요? 나랑도 많이 친했잖아요."

그녀가 반갑게 묻자 그가 대답했다.

"내가 신학교 그만두고 우리 가족 모두 미국으로 왔어."

"내가 대학 입학하던 그해? 내가 그 동네를 떠났던?"

"응."

그래서 편지에 아무도 대답하지 않았구나, 그제야 이해가 갔다. 베를린의 비내리는 밤. 닿지 않는 모스 부호를 두드리듯 지구 반대편에서 그에게 보냈던 조난 신호. 아까 그녀의 분노는 그 원망까지도 내포한 것이었을까. 한편으로는 그의 귀여운 여동생이 보고 싶기도 했고 한편으로는 서운한 마음이 들었다. 저녁을 먹으며 포도 주라도 한잔 마시면 그녀는 물어보려고 했던 것이었다. 그때 왜 내게 그런 말을 했어요? 왜 끝끝내 대답이 없었던가요?

그런데 여동생이 여기 나온다면 그런 기회는 사라질 것이었다. 그래서 그녀는 40년 동안 품어왔던 이 모든 질문을 마음속에 묻기로 결정했다. 그가 여동생을 만찬에 끼워 넣는다는 것은 그녀와 그런 내적인 이야기를 나누고 싶지 않다는 의미일 테니까. 이제 그 질문을 잊어야 한다, 라고 그녀는 생각했다. 생각해 보면 꼭 그 질문을 하기 위해 만난 것도 아니었다.

그들은 맨해튼 북쪽으로 다시 돌아왔다. 신호등 앞에서 그가 말했다.

"저기 보이지? 내가 정말 좋아하는 레스토랑이야. 스미스 앤 월렌스키 레스토랑."

그가 그녀를 에스코트해서 몇 발자국 뒤로 물러서게 했다.

"볼래? 이 100층짜리 고층 빌딩 속에서 저 레스토랑은 혼자 2층이야."

2층짜리 레스토랑 건물은 100층짜리 건물이 즐비한 맨해튼 한복판에 당당히 서 있었다. 그녀가 대답했다.

"이 비싼 땅에 공룡처럼 오래된 게 또 있군요."

그리고 그녀는 다시 생각했다. 오늘 새벽 그가 고르라며 보냈던 식당 리스트에 이 식당은 없었다. 계획하고 궁리하고 애쓰지만 결국 엉뚱한 곳으로 가버리는 게 삶과 비슷하구나, 하고.

마치 노란 아기 고양이가 노란 어미 고양이가 되듯, 하얀 아기 진돗개가 하얀 어미 진돗개가 되고, 검은 아기 반달곰이 검은 어미 반달곰이 되듯 그의 동생은 그렇게 변해 있었다. 이곳에서 한국인을 상대로 한 입시 컨설팅 학원을 운영하고 있다고 했다. 커리어가 제법 되었고 성공도 한 것 같았다. 중년이 넘었지만 여동생은 아직도 동그랗고 귀여웠다. 언뜻언뜻 어린 시절의 표정들이 자맥질하듯 보였다. 40년 만이라는 게 믿을 수 없을 만큼 여동생은 그녀에게 유쾌했다.

돌아보면 시간은 언제나 두껍게 얼어버린 빙하 같았다. 좀처럼 쪼개지지 않아 틈을 낼 수 없었으나 돌아보면 한 세기처럼 거대한 단위로 훌쩍 흘러갔다. 어린 그녀들은 이제 중년을 훌쩍 넘었고 그 시간의 긴 바다를 건너 맨해튼 한복판에서 만나고 있다는 게 신기했다.

스테이크와 포도주, 그리고 샐러드 접시가 얼추 비워지고 있었다. 아까 월드 트레이드 몰에서 화를 낸 이후 그와 그녀는 아무래도 어색함을 어쩌지 못하고 있는 채였다. 만일 여동생이 없었더라면 어색함을 못 견딘 그녀는 식사를 하는 둥 마는 둥 하고 일어나버렸을지도 모르겠다. 그녀는 스테이크를 반도 못 먹은 채로 포도주만 마셔댔다. 춥고 바람 부는 거리에서 실내로 들어와 더운 데다가 빈속에 포도주를 마셔 속이 화끈거렸다. 그런저런 근황 이야기들이 오고 간 후 그녀가 말했다.

"나는 그 동네를 떠난 후에 그 이듬해 독일로 떠났어, 베를린으로."

여동생이 샐러드를 포크로 집으며 대답했다.

"우리 다 알아 언니. 참, 오빠 그거 갖고 왔어? 언니가 번역한 횔덜린 시집이랑, 릴케 산문. 오빠가 늘 갖고 다녔어요. 거기 언니 약력이 있잖아."

의아한 눈으로 그녀가 그를 보았다. 그는 부정도 긍정도 하지 않고 스테이크를 썰고 있었다.

"그리고 저기⋯⋯."

동생은 무슨 말인가 하려다가 입을 다물었다.

"아무튼 우린 언니가 독일에 있는 줄 다 알고 있었어요."

아까 만났을 때부터 그가 그녀에 대해 아무 질문도 하지 않았다는 것을 깨달았다. 그는 그녀를 알고 있었구나, 그녀의 가슴속으로 다시 한 번 알 수 없는 바람이 휘익 지나갔다.

"얼마 전에 우리가 살던 그 동네, 그 아파트 앞을 지나갔어. 그 동네는 여전하더라구."

"아, 그랬구나. 언니, 우리가 살던 아파트를 아직 기억해?"

"그럼 전화번호도 기억해. 1208, 아파트 호수랑 같았잖아."

그녀가 말하자, 그가 일순 흠칫하는 게 보였다. 말해놓고 그녀도 스스로에게 놀라고 있었다.

"나도 잊어버린 걸 언니가 기억하다니 대단하다."

"로사가 원래 기억력이 좋아."

그가 오랜만에 끼어들었다.

"우린 오빠가 먼저 미국으로 가고 한 3년 후인 85년

도쯤 거길 떠나 미국으로 왔어요."

아까 그는 그녀에게 분명 그녀가 그 동네를 떴던 이듬해인 82년도에 식구가 모두 미국으로 왔다고 했었는데 하는 생각이 났다. 그게 아니라면 그녀가 보낸 항공우편을 누군가는 받았다는 말이 아닐까. 그녀는 더는 묻지 않았다.

"어머니도 안녕하시지?"

그녀가 말을 돌렸다. 편지에 대해 의문이 남았지만 더 말하지 않기로 결정했던 것이다.

"응, 나와 함께 뉴저지에 살아. 거기 한인타운에. 나 혼자거든 언니."

혼자라는 게 이혼을 했다는 말인지 미혼이라는 말인지 그것도 묻지 않았다. 40년이라는 세월은 그런 질문이 다 필요없는 시간이었는지도 모른다. 여동생이 이어 말했다.

"생각해 보면 참, 알아? 엄마가 맨날 나보고 언니하고 우리 요셉 오빠 감시하라고 했던 거⋯⋯. 지금도 생각나."

"뭐? 정말?"

여동생이 까르르 웃었다. 그녀도 따라 웃었다. 무언가 유쾌한 분위기가 새로 딴 포도주 위로 내려앉고 있었다. 하지만 뜻밖의 말이었다. 성당에서 유명했던 그의 어머니가 그녀를 잘 알고 있었는지도 기억나지 않았다. 성당의 행사가 있을 때면 아래위로 색이 같은 한복을 입고 왔던 그의 어머니. 틀어 올린 머리가 참 고전적이었던 분. 아들이 신학생이 된 것은 그의 바람이 아니라 신부 아들을 두고 싶은 어머니의 소원을 이루기 위해서였다는 뒷말도 돌아다녔다.

"그래서 나도 몽유도 쫓아갔잖아. 중1은 나뿐이었을 거야. 그래서 언니 옆에 꼭 붙어다니고, 감시한다고."

왜 그런지 모르지만 그녀가 까르르 웃었다. 여동생이 그녀와 그의 만남에 끼어든 건 좋은 일인 듯했다. 여동생의 등장으로 인해 두 사람은 어쩌면 비로소 40년 만의 해후를 하는 사람다워졌다고나 할까.

"그래서 언니 옆에 꼭 붙어 자고 그랬잖아. 우리 오빠가 지금은 늙고 머리카락도 빠지고 그랬지만 그땐 성당 언니들이 너무들 좋아해서 엄마가 얼마나 걱정을 했는지."

돌아보니 그가 빙그레 웃고 있었다.

"그랬나? 난 잘 모르겠는데."

그녀가 말했다. 여동생이 아랑곳하지 않고 말했다.

"그때 캠프파이어 생각나? 오빠가 기타 치며 우리 밤 늦도록 노래 부를 때, 화장실에 가려고 일어났다가 돌아오면 성당 언니들 다 우리 오빠 옆에 가서 앉았잖아. 오빠한테 조금이라도 가까이 가고 싶어서. 그런데 그때 로사 언니 대단했어. 언니만 그렇게 하지 않고 그 자리에서 꼼짝도 하지 않았지. 오빠와 꽤 먼 자리였는데. 화장실에 다녀와서도 그 자리……. 그때 다른 언니들이 화장실 가며 말했어. 옆에 앉으면 뭐 해, 요셉 학사님은 이미호 로사만 쳐다봐. 아예 눈을 떼지도 않아. 나는 엄마에게 이걸 보고해야 한다고 외웠었어. 아아, 나는 오십이 넘어서 왜 이걸 아직도 기억하고 있는 걸까. 나이가 들면 어릴 때 기억만 남고 방금 들은 이야기는 다 잊어버린다더니 참."

여동생의 너스레에 세 사람은 푸하하 웃고 말았다. 어렴풋한 노래가 그녀의 귓가로 들려왔다. 지금 생각하면 촌스러운 나팔바지들을 입고 깃이 커다란 칼라 셔츠를 입고 노래했었다. "조개껍질 묶어 그녀의 목에 걸고"라든가, "비바람이 치던 바다 잔잔해져 오면 오늘 그대 오시려나 저 바다 건너서" 같은 노래들을.

모닥불이 피어 있고 그가 기타를 쳤고 주일학교 교사 언니들이 간식을 내왔던 밤. 고요한 몽유도. 구부러진 소나무가 있는 언덕에 오르면 먼 바다까지 바라보이던 아름다운 섬.

그래, 그런 날들이 있었다. 그 시절 바다는 밤에도 따듯하고 잔잔했다.

21

포도주가 세 병째 비워질 때쯤은 이미 시간이 많이 흘러 있었다. 모듬 치즈를 한 접시 더 추가해서 먹고 이제 40년 만의 해후는 마무리가 될 것이었다. 여동생이 그 말을 꺼낼 때까지는 그저 평범하고 정겨운 해후였다.

"미안해, 언니. 언니한테 거짓말을 많이 했었어. 그땐 그게 옳다고 생각했는데…… 오빠가 신학교 그만두고 언니와 결혼한다고 할까 봐. 엄마랑 나랑 헛다리를 짚어도 단단히 짚은 거야."

그녀가 약간 날카로워진 신경을 감추지도 않고 고개를 들었다.

"혹시 독일에서 보낸 편지를 다 받은 거니? 네가?"

아까 너무 많이 다짐했는지도 모른다. 마치 "코끼리

는 생각하지 마" 하면 코끼리 외에는 아무 생각도 할 수 없다는 심리실험처럼, 독일에서 보낸 편지에 대해서는 묻지 말자, 하고 아까부터 생각해 왔기에 오히려 말이 불쑥 튀어나오고 말았다. 여동생은 멈칫했다. 고개를 돌려 그를 바라보니 그는 그녀 쪽을 의식적으로 외면하는 듯 눈을 내리깔고 있었다. 이 모든 사실을 이미 알고 있는 것 같았다. 이제야 약간의 설명이 되는 것 같았다. 편지가 반송되어 오지 않았기에 그녀는 그가 아직 거기 산다고 믿었던 거였다. 물론 그는 거기 살지 않았다. 대신 가족들이 살고 있어 편지를 받았구나, 깨닫게 되었다. 아주 가는 바늘에 찔린 듯 약간의 아픔이 있었지만 그녀는 곧 미소 지었다.

"편지가 반송되어 오지 않기에 누군가 산다고 짐작은 했어."

아직 배신감 같은 것은 들지 않았다. 그것도 무려 40년 전의 일이었다. 40년은 돌이킬 수 없는 시간이라고 『성경』을 가르치던 수녀님이 말했었다. 이스라엘 민족이 광야에서 헤맨 시간. 더는 이집트로도 돌아갈 수 없도록 사람들이 변하는 시간. 처음으로 약간 아주 약간 희미하게 통증이 오기 시작했다.

"하지만 살짝 너무하기는 하다. 그럼 그 주소로 오빠는 이제 여기에 살지 않는다고 나에게 엽서라도 한 장 부쳐주지. 헛수고는 안 했을 텐데."

그녀가 웃으며 다시 말했다. 이제야 약간 원망스러운 기분이 들었다. 그녀가 계속 말했다.

"뭐 약간 술이 오르네. 그럼 말이 나온 김에 한 가지만 물을래. 40년 동안 이걸 묻고 싶었거든."

그녀가 약간 상기된 얼굴로 그를 향해 고개를 돌렸다. 그는 무슨 생각에 골똘히 잠겨 있는지 약간 멍한 얼굴이었다. 쌍꺼풀 없는 눈이 딱히 그녀를 응시하고 있지 않았다.

"언니 말 끊어서 미안한데, 엄마가 태워버리라고 했는데……."

뜻밖의 말이었다.

"나 그 편지 모아두었다가."

그녀는 순간 놀란 눈으로 여동생을 이어 그를 바라보았다. 그는 완강하게 그녀를 바라보지 않고 있었다.

"나중에 미국 와서 오빠한테 줬어."

이제 그녀는 베를린의 밤에 쓰던 그 편지에 무어라 했는지 기억조차 나지 않았다.

"미안했고 또 나는 언니를, 엄마가 그러라고 했다고 감시한 게 아니라 사실은 정말 좋아했고, 편지 속에 언니 말들이 정말 슬펐고 그리고 언니는 거기서 오빠가 계속 신학교에 다니는 줄 알고 매일 기도한다고……."

여동생은 약간 목이 메는 듯했다. 헛기침을 하고 포도주를 마저 마시며 시선을 피했다. 희미한 기억의 퍼즐들이 안개를 걷고 서서히 보이기 시작했다. 그런데 안개를 뚫고 떠오르는 것은 그때 썼던 편지의 구절이 아니라 편지를 쓰던 자신이었다. 배가 고팠던 밤. 바람이 거셌던 길고 긴 서베를린의 밤들. 결국 추억이라는 것은 상대가 아니라 그 상대를 대했던 자기 자신의 옛 자세를 반추하는 것일까. 그녀는 포도주를 한 모금 더 마셨다. 뜨거웠던 여름이 포도나무에 닿아 검고 단 열매로 맺힌다. 붉은 포도주는 뜨거웠던 지난 여름을 기억하며 흘린 검은 눈물.

문득 고개를 들어 눈이 마주쳤는데 그는 칼에 찔리는 듯 아파 보였다. 그의 아픔이 혈관을 타고 그녀에게도 흘러들어오는 것 같았다. 처음으로 그가 아파하는 것을 보는 게 아팠다.

"아까 나한테 물어보고 싶은 거 있었다며?"

그가 잠시 생각에서 깨어난 듯이 물었다. 오랜 시간 사업을 해온 사람다운 침착함이 엿보였다.

"아, 예."

"물어봐. 뭘 대답 못 해주겠니?"

막상 그가 그렇게 말하자 그녀가 잠시 머뭇거렸다.

"괜찮아. 이 나이에 40년 만에 만나서 뭘 대답 못 하겠어. 그래, 그 질문이 뭔데? 40년 동안 궁금해했다니 내가 대답해 줘야지. 40년이란 건 이스라엘 사람들이 광야에서 헤매던 시간, 다시는 돌아갈 수 없는 요즘 말로 불가역적인 시간이잖아."

그녀가 웃었다.

"아, 그거 수녀님이 「탈출기」를 설명하며 늘 하시던 말씀이네요."

그가 물끄러미 그녀를 바라보았다.

"이제 보니 로사가 생각보다 기억력이 별로구나. 그거 내가 말해 줬잖아. 그 이야기를 들려주자 네가 물었지. 하느님은 전능하신데 그냥 없어져라! 하고 기억을 지워버리시지 왜 광야에 뺑뺑이를 돌리시고 그랬어요? 라고."

"언니가 그랬어? 재밌네."

동생이 킥킥 웃었다. 분위기가 다시 명랑해지기 시작했다.

"로사는 늘 당돌했지. 정직했고."

그가 말했다.

"그래서 자주 혼났고."

그녀가 대답했다. 모두들 웃었다. 그렇다, 40년. 모든 것이 불가역적인 시간.

"그러고 보니 언니 말이 일리가 있네. 그래서 뭐라고 대답해 줬어요, 오빠?"

"쉬워. 육체 때문이야. 머리에서 기억이 지워져도 몸은 그걸 기억하고 있거든. 그게 지워지는 데 필요한 시간이 40년."

그 이야기를 듣자 새삼 약간의 충격이 왔다. 육체의 기억을 지우는 데 필요한 시간 40년.

"괜찮아. 물어보라니까."

그가 다시 말했다. 그녀가 자신없는 얼굴로 바라보니 그는 편안하게 미소를 띠고 있었다. 그녀가 마른기침을 한 번 하고 가볍게 물었다.

"그날 그 한양아파트 2층 레스토랑으로 불러내서 왜 나에게 그런 말을 했어요?"

그가 놀라는 표정을 지었다. 질문의 내용이 놀라운 것이 아니라 뜬금없다는 표정이었다.

"무슨 말인지, 우리가 그때 레스토랑에 갔었나? 한양 아파트 레스토랑은 우리 성당 사람들이 자주 갔잖아. 누가 같이 갔어? 누구누구?"

그녀의 숨이 턱, 하고 막혀왔다.

"기억이 안 나요? 우리 둘이 맥주까지 시켜놓고 마주 앉아서…… 나에게 3년을 기다려달라고 했잖아요. 그 이후에 대학 들어갈 거니까 개인 교습을 해달라고."

난데없다는 그의 표정은 바뀌지 않았다. 순간 그 표정 속에서 그녀는 그가 그 기억을 모두 잊고 있었다는 것을 알았다. 머릿속에서 마른번개가 번쩍하고 내리꽂히는 것 같았다.

"생각 안 나요? 어떻게 그게 생각이 안 나죠? 난 그때 거절하고 도망쳐 와서 평생을 죽을 듯이 힘들었는데, 그게 생각이 안 난다고요?"

그의 난데없다는 표정 때문이었을 것이다. 그녀의 목

소리는 다급했고 격앙되어 있었다. "제가 훔치지 않았다구요" 같은 말투였을 것이다. 그 말투가 제 귀에도 자신없게 느껴져서 그게 다시 당황스러웠다.

벌린 입을 다물지 못하고 그녀가 작게 고개를 흔들었다. 그를 만나지 말았어야 했다는 생각이 들었다.

"오빠가 뭐랬어, 언니?"

여동생이 물었다. 약간의 숨을 내쉬고 잠시 멈춘 다음, 포도주를 한 모금 마시고 그녀가 그를 똑바로 바라보았다. 그는 약간 두려운 듯한 표정이었다.

"그해 겨울, 저는 성적이 좋아 남들보다 먼저 대학 입학을 확정받았죠. 그렇게 제 대학 입학이 확정되고 얼마 후, 만났잖아요. 저에게 축하한다고 말하고 입을 열었어요. 한양아파트 2층 상가. 1층은 대형 슈퍼가 있었고 그 왼쪽으로 옥외계단이 있던 그 상가. 2층의 레스토랑. 칸막이가 약간 높게 쳐 있던 그 레스토랑."

"그래, 레스토랑은 기억나. 우리 성당 사람들이 자주 갔으니까."

그는 태연히 말했다. 그런 알리바이로는 어림도 없어, 라는 표정이었는지도 모르겠다.

"나를 불러내서 입을 열었어요. 지금부터 내가 하는

말 잘 들어줘, 라고 시작했는데 어떻게 그걸."

그는 귀여운 베이지색 인조 퍼 깃이 둥그렇게 달린 갈색 체크 반코트를 입고 있었다.

"지금부터 내가 하는 말 잘 들어."

그가 말할 때 그녀는 그의 입술이 가볍게 경련을 일으키는 것을 보았다. 그때 그녀는 그가 어떤 종류의 말을 할지 알고 있었다. 사랑을 들키지도 못하고 감추지도 못하는 두 사람 중에 미성년인 한 사람이 이제 막 성년이 된 시기였다. 그럴 때 둘이 칸막이가 있는 레스토랑에 마주 앉아 "지금부터 내가 하는 말을 잘 들어"라고, 남자가 입술을 떨며 말을 꺼낸다면, 그것이 무엇인지 그녀는 짐작할 수 있었다. 어쩌면 그렇게 짐작할수 있었기에 그녀는 그때부터 도망치려고 주먹을 쥐고달리기 준비 자세를 하고 있었을 것이다. 그 후로도 오랫동안 기억을 반추하며 그녀는 스스로 자신의 감정을그렇게 분석해 냈다.

그가 약간 겁먹은 듯 그녀를 주시했다. 아까 "너 나랑먼 바다로 갔어"라고 했을 때 그때 자신의 표정이 어찌면 저랬을지도 모른다고 그녀는 생각했다. 그녀도 아직 면 바다에 갔던 일을 기억하지 못하고 있었다.

"나 신학교를 그만두기로 했어. 이제 3학년을 수료했으니 우선 군대에 지원하려고. 해병대로 가려고 해."

말을 꺼내놓고 그가 집요하게 그녀를 응시했었다. 두렵고 애타는 눈빛이었다. 그녀가 도망칠 준비를 하는 것을 직감적으로 알아차렸기 때문이었을 것이다. 그런 그의 두려운 눈빛이 내내 그녀에게 남았다. 40년을 그것에 미안했었다. 그런데 그는 그것이 기억이 나지 않는다고 한다.

"신학교를 그만둔다고, 군대로 간다고 했어요. 자원해서 해병대로."

그녀가 말했다.

"오빠는 면제받았어, 언니."

여동생이 끼어들었다.

"아니야, 미호 말이 일리가 있어."

그가 나직하게 말했다. 그리고 말을 이어갔다.

"나 실제로 해병대에 지원했었어. 신체검사에서 떨어

졌고 어깨뼈에 이상이 있다는 것을 그때 발견했지."

그가 그녀에게 다음 말을 이어가라는 표정을 지었다.

그녀가 머뭇거렸다. 절벽 앞에 선 것처럼 떨고 서 있었는지도 모른다.

아직 맥주조차 마시지 못하던 그녀였다. 그녀가 우물거리자 그가 당황해하는 것이 보였다.

"내 생각은 이래. 일단 해병대로 가서 제대를 한 다음에 다시 와서 일반 대학에 편입을 하려고. 봐서 사정이 여의치 않으면 새로 대학 입시를 보겠지."

실은 모든 것을 거의 다 이해했으면서 그녀는 그에게 전혀 이해하지 못했다는 표정을 지었다. 그가 테이블 앞으로 바싹 다가앉았다.

"내가 제대를 하면 너는 대학 3학년일 거야. 그러면 그때 네가 나에게 공부를 가르쳐줘. 다른 과목은 다 어떻게 해보려는데 내가 알아보니 수학은 네가 좀 도와줘야 할 것 같아. 그러면 나는 다시 입학하고 그리고……."

그녀의 머릿속이 하얗게 변해가기 시작했다. 높은 촉수의 전구가 펑, 하고 터진 듯 앞도 보이지 않았다.

'학사님, 우리 아버지 고문 받고 나와서 죽어가고 계세요. 대학에서 잘렸고 이제 우리는 가난해질 거예요. 저는 이 동네를 떠나야 할지도 몰라요.'

그녀는 이 말을 하지 못했다.

그녀가 겨우 물었다.

"신학교는요? 신부가 되신다는 건 어쩌구요? 어머니는 이 일을 아시나요? 우리 성당 신부님은요?"

무슨 말을 하는지도 모르면서 그녀가 물었다. 그러자 그가 그건 문제도 아니라는 듯 여유 있게 다시 몸을 등받이로 기댔다.

"그건 내가 알아서 할게……. 이미호 로사, 내가 이 말을 이 세상에서 너한테 처음 하는 거야."

그가 기대에 가득 찬 얼굴로 그녀를 바라보며 말을 이었다.

"그러니 네가 약속해 주면 나는……."

그는 더 말을 이어가지 못했다. 그녀가 그 자리에서 일어났기 때문이었다. 그의 얼굴이 하얗게 굳어지는 것이 레스토랑 노란 불빛 아래로 보였다.

"미안해요, 저 집으로 가고 싶어요."

그가 모든 사태를 알아차린 듯했다. 이 명백한 거절

216

을. 오십이 넘은 그녀는 이제 그 소녀를 이해할 수 있다. 막 대학입학시험을 치른 소녀가 어떻게 그 순간 자신의 미래를 결정할 수 있단 말일까. 그러나 그는 그녀를 따라 나오지 않았다. 소녀는 그를 사랑하고 있었다. 하느님께 양보하겠다고 그러니 좋은 신부가 되게 해달라고 아무도 모르게 기도할 때 가슴이 가느다란 명주실로 가닥가닥 찢어지는 것처럼 아팠다. 그런데 막상 그가 그 하느님 말고 인간인 소녀를 택한다고 하자, 소녀는 겁을 먹었던 것이다. 머플러를 두르지도 못하고 손에 든 채로 허둥지둥 상가 계단을 걸어 내려오는데 세상이 기우뚱기우뚱했다. 온 우주가 눈을 동그랗게 뜨고, 네 운명을 결정해! 하는 것 같았던 그날. 그날이 그들의 마지막이었다. 그리움보다 깊었던 것은 미안함이었다. 그리고 연락이 끊어졌을 때 그녀는 생각했었다.

'죽었을 거야. 그렇게 중요한 결정을 내게 의논했는데, 세상에서 내게 처음 말한다고 했는데 내가 그런 식으로 그를 박대하다니, 그는 그걸 견디지 못해서 죽었을 거야.'

"말했어요. 군대에 갔다 와서 일반 대학에 편입할 생

각이야, 다시 입시를 치를 수도 있고. 내가 물었지요. 신학교는요? 신부는요? 그러자 대답했었어요, 신부가 되지 않기로 결심했어. 내가 또 물었지요. 어머니는 아세요? 신부님은요? 학교는? 하고. 그러자 말했죠. 이미 호로사, 내가 이 말을 이 세상에서 너에게 처음 하는 거야, 라고 했어요."

여동생의 눈이 커졌고 그가 그녀를 외면했다.

그는 이제 그녀를 바라보고 있지 않았다. 그는 어디도 바라보고 있는 것 같지 않았다. 과장된 느낌인지 모르지만 그는 육체를 여기에 두고 혼자 우주의 미아가 된 것 같았다. 그는 우주보다 넓고 광활한 무의식 속에 묻어둔 기억의 편린을 찾고 있는지도 몰랐다. 꼭 이래야만 했었니? 누군가가 그녀에게 묻는 것 같았다. 40년 전이야, 그걸 들춰서 무얼 하려고. 갑자기 이 자리가 너무 힘겹게 느껴졌고 그를 만난 것 자체가 후회스러워졌다. 하지만 그보다 더 큰 후회가 밀어닥쳤다. 이런 결과는 한 번도 생각해 본 적이 없었다. 40년 동안 그에게 하고 싶었던 그 질문이 이렇게 엉망으로 변해버리기도 하는구나, 그녀는 생각했다. 이건 가능성 속에 전혀 없던 일이었다.

"그때 난 막 여고 졸업을 앞둔 여학생이었고, 그때 다 말할 수 없었지만 아버지가 강제 해직되고 병들어 집에 계셨어요. 대답할 수 없었어요. 내가 뭐라고 했는지 잘은 생각이 안 나는데 중얼중얼 아무튼 그랬던 거 같아. 아무것도 약속할 수 없었어요. 전 아직 너무 어렸고 인생을 그렇게 순서대로 다 정해놓으시면 전 어떻게……."

중얼중얼 말을 하다 말고 그녀가 웃었다.

"그런데 오늘에서야 알았어. 이런 성격이었구나. 마치 오늘 40년 만에 만나러 마이애미에서 뉴욕으로 오려고 하는데 새벽부터 일차로 뭐 하고 그다음엔 뭐 하고 메뉴는 뭐고 정하는 것처럼. 내가 대답하지 않자 똑같은 문자를 또 보내고. 그렇게 똑같아."

남매는 그녀를 바라보며 더 이상 웃지 않았다.

"언니, 그래서요?"

동생이 물었다.

"……그 장면을 40년 동안 떠올려봤는데, 그때 학사님은 엄청 낙담하는 것처럼 보였어요. 나는 그렇게 생각했던 거 같아요. 자기 마음대로 순서와 계획을 다 짜놓고, 나보고 그렇게 하라는 거라면, 나는 예스 아니면

219

노밖에 할 수 없는 거라면, 나는 싫어, 나에게 아무 말도 하지 않았잖아, 단 한마디 의논도 안 하고……"

말을 하는 중에 그녀의 마음속 수첩에 다섯 번째 특징이 써지고 있었다.

5. 그는 일단 모든 일의 순서를 정해 계획하지 않으면 견딜 수 없다.

그는 집요하게 테이블 끝을 응시하고 있었다. 이제야 40년 전의 그와 오늘의 그가 마치 쌍둥이처럼 앞과 뒤가 정확이 맞아떨어졌다.

"나는 그 자리에서 일어나 나왔던 거 같아요. 나도 잘 기억이 안 나요. 마지막 눈길은 기억해요. 어이가 없다는 듯 일어서는 나를 학사님이 바라보았는데 그 눈길이 너무 두려워서…… 집으로 그냥 와버렸어요. 그 이후 연락이 끊겼고."

여동생이 골똘한 눈빛으로 포도주 잔을 응시하고 있었다.

"미안했어요, 40년 동안. 그 중요한 결정을 나에게 처음 말하고 그리고 이제부터 함께하자고 했는데 나는 중얼거리며 도망쳤고, 다시 만날 길은 없었고, 믿지 않겠지만 40년 동안 미안하다고 말을 하고 싶었던 거예요. 거절을 한다 해도 최소한 우정으로 부드럽게 곁에 있어 줘야 했는데, 얼마나 자존심 상했을까 싶어서, 그리고 난데없이 나는 사라진 꼴이었으니 미안했어요, 정말 미안했다구요."

그녀가 말을 마치고 숨을 한번 내쉰 다음 가볍게 웃었다.

"그런데 얼마 전 알았던 거예요. 바로 결혼하고 미국으로 갔다고. 그걸 안 게 1년 전쯤이었는데 미안함이 사라져서 좋았긴 했는데, 궁금했어요. 그럼 난 왜 만난 거야? 물어보고 싶어진 거예요. 다른 사람이랑 결혼할 거면서 겨우 여고 3학년이던 나에게 왜 그런 말을 했어요, 왜? 하고."

둔중하고 무거운 침묵이 잠시 이어졌다. 웨이터가 와서 이제 곧 레스토랑이 문을 닫을 거라는 말을 전했다. 그는 뜻밖에도 침착한 얼굴이었다. 그녀는 참담해졌다. 그가 영수증을 청하더니 파카 안주머니에서 지갑을 꺼내 지폐를 냈다. 비싼 레스토랑이어서 지폐는 제법 수북했다. 여동생이 약간 날카로운 목소리로 말했다

"오빠! 넣어둬. 내 카드로 낼게."

"무슨 소리야. 로사가 왔는데 내가 대접해야지."

그는 여전히 낮고 침착한 목소리였다. 장난꾸러기 같은 표정은 완전히 사라져 있었다. 사랑했던 기억보다 더 많이 그 사람을 거절했던 마지막 기억을 떠올려야 하는 것이 아팠다. 레스토랑 밖에는 여전히 바람이 불고 있었다.

22

"한잔 더 하고 갈래?"

외투를 여미며 그가 물었다. 그의 표정은 의외로 담담했으나, 굳어져 있는 모습이 내면의 갈등을 짐작하게 했다. 어두운 길거리의 가로등 아래 서서 그녀를 바라보며 그렇게 물었을 때 여동생이 먼저 그에게 대답했다.

"그러자 오빠, 나도 더 마시고 싶어."

세 사람은 맨해튼 모퉁이를 돌았다. 그가 익숙한 발길로 지하로 향하는 계단으로 내려섰다. 간판을 보니 PERPETUUM이라고 씌어 있었다. 그녀도 알고 있는 단어, '영원'이었다.

머리가 벗겨진 중년의 사장은 아랍인인 듯했다. 검은 앞치마를 두르고 다가와서 그에게 인사를 건넸다. 아마도 그의 단골 바인 것 같았다.

그녀가 물었다.

"혹시 프로즌 마르가리타가 가능한가요?"

그녀가 주문하자 잠시 주인이 곤혹스러운 표정을 지었으나 그가 주인에게 귓속말을 하자 주인이 그녀에게 가능하다는 표정을 지었다. 그는 더블 스카치를 여동생은 스카치 소다를 주문했다.

"프로즌 마르가리타, 데킬라 베이스인데 좋아하나 보지?"

그가 담담히 물었다. 얼마간 그가 사업상의 파트너를 대할 때 쓰는 말투 같았다. 이제 모든 것이 무너진 그라운드 제로에 다시 서 있는 것 같은 느낌이 들어 그녀로서도 그게 편했다. 마치 불발탄을 던지고 돌아온 특전사 대원처럼 그녀는 얼마간 풀이 죽어 있었던 것 같다. 하지만 그랬기 때문에 대꾸는 도발적이었는지도 몰랐다.

"네, 좋아해요. 그날의 서해바다 빛깔 같아서."

그가 입을 다물었다. 40년 동안 혼자 지니고 있던 미안함과 죄책감이 아무 소용도 없었으니 이 정도 복수는 해도 좋다고 그녀는 혼자 생각했다. 술이 좀 올라 있어서 그랬을 것이다.

"공룡이랑 곤충 이야기를 들었으니까 나는 프로즌 마르가리타 이야기를 할게요. 마르가리타는 1949년인가 로스앤젤레스의 한 바텐더가 고안해 냈대요. 젊은 시절 사랑했던 여자가 죽었고 그 이름이 마르가리타였다고 하네요. 그녀를 영원히 기억하기 위해 이 칵테일을 만들었죠. 어쩌면 그녀가 이런 빛깔의 바다에서 죽었을까? 혼자 생각해 보곤 했어요. 이런 노래가 있어요.

마르가리타 마을에서 또 한잔 하며 보내는 하루
사라진 소금 쉐이커를 찾는데
누군가 어느 여인 탓이라 하네.
하지만 난 알지.
그건 그냥 누구 탓도 아니야."

그는 입술을 꾹 다물고 더블 스카치를 단숨에 마시고 자리에서 일어섰다. 바 중앙에는 커다란 그랜드 피아노가 있었다. 그는 피아노 앞에 앉았다. 그리고 그녀는 들었다. 마이애미를 떠나기 전 호텔에서 자신만의 귀에 들려오던 그 피아노 선율을.

시간은 정말로 직선으로 흘러가는 것일까. 마이애미를 떠나기 전, 잠 못 들던 그녀의 귀에 울리던 소리, 피아노 소리, 그건 에릭 사티의 〈짐노페디 1번〉이었다.

아버지에게 허락을 받아 달려 나갔던 고1의 첫 크리스마스. 그 밤에 그는 저 곡을 연주했었다.

세상에 처음 듣는 선율이었다. 그 선율을 듣는데 어디선가 우유를 데우는 냄새가 나는 것 같았다. 연주를 끝내고 그가 그녀를 바라보았다. 그때 그녀가 말했었다.

"피아노에서 우유 데우는 냄새가 나요."

그건 최상의 찬사였는데 그가 다 알아들었는지는 그녀는 몰랐다. 그는 우유 데우는 냄새? 하고 그냥 웃었다.

서해안 몽유도에서의 밤에도 그는 그들이 머물던 초등학교의 교실 한 구석에 있던 피아노를 쳤었다. 천천히 마치 망설이는 것처럼 〈짐노페디〉의 선율이 울릴 때, 누르던 손가락이 잠시 머뭇거리던 그 찰나찰나, 그는 그녀를 바라보며 미소 지었다. 피아노 한 음마다 별 하나가 떠서 그녀의 가슴으로 와서 박히는 듯했었다. 빛나고 아팠다. 그런데 이제 그는 그녀를 더는 바라보지 않는다. 어쩌면 그의 영혼은 그 바다로 가 있을 것이었다. 그녀도 푸른빛 마르가리타 잔에서 서해의 파도가 치게 내버려두고 그의 옆얼굴을 바라보고 있었다. 마치 천천히 조수가 다가오듯이 그의 얼굴 위로 기억들이 몰려오고 있었을 것이다. 아니어도 상관 없다고 그녀는 생각했다. 문제가 되는 것은 과거의 그들이었다. 현재의 그들이 아니고. 추억이란 어쩌면 그런 것이다. 40년. 육체의 기억이 지워지는 그 시간.

사람들은 하나둘씩 자기 위해 자리에서 일어났다.

"안 졸려?"

그가 캠프파이어용 장작을 가져다 모래 곁에 놓으며 물었다. 이제 모닥불 가에는 그와 그의 여동생 그리고 다른 여교사가 한 명 앉아 있었다.

"안 졸려요."

그녀가 눈을 더 초롱초롱 빛내며 대답했다. 그가 그녀에게 기댄 채 잠든 여동생을 업었다. 여동생은 오빠의 등에서 축 늘어져 방안으로 들어갔다. 달이 있었던가, 별이 떴던가, 그건 기억나지 않았다. 그가 돌아왔을 때 그와 그녀 말고 누가 더 거기에 있었는지 그것도 기억나지 않았다. 그녀는 잠들지 않았고 그가 두어 걸음 떨어진 곳에 앉아 있었다. 장작이 타오르는 소리가 파도 소리를 뚫고 들려왔다. 어둠이 내려 이제 사위는 아무것도 보이지 않을 정도로 어두웠지만 그가 말한 대로 우주가 열려 그들 앞에 펼쳐져 있었다. 우주는 행복으로 꽉 차 있었다. 세상에 태어나 그런 충만을 맛본 적은 다시는 없었다.

첫사랑. 다시 돌아오지 않을 날들.

"바다가 왜 짠 줄 알아요?"

그녀가 말했다.

"그거야, 바다에 도달할 때까지 흘러온 물들이 지반에 있는 무기물을 녹여서."

"열 자 이내로요."

그가 망설였다. 그러자 그녀가 대답했다.

"다시마가 감칠맛을 감춰서."

그가 고개를 뒤로 젖히고 크게 웃었다.

"얘, 요셉, 너도 그만 들어가. 이미호 로사 너도 들어가 자자."

어느새인가 숙소에서 나온 주일학교 여교사가 그들 뒤에서 단호하게 말했고 두 사람은 일어나야 했다. 그녀가 여교사를 따라 들어가다 뒤돌아보니 요셉이 모닥불을 정리하다 말고 그녀를 바라보고 있었다. 두 사람의 눈이 멀리서 마주쳤다. 정말이지 들어가고 싶지 않았다. 세수를 하고 오겠다고 공동 세면장으로 가는 척하면서 그녀는 모닥불이 있던 곳으로 다시 나갔다. 그는 이미 거기에 없었다.

따스한 모닥불의 흔적 뒤로 텅 빈 바다의 흰 포말만 밀려오고 있었다. 그녀는 그 자리에 서 있었다. 그때 어디선가 피아노 선율이 들려왔다. 그녀는 그 피아노 소리를 따라 갔다. 희미한 불빛이 켜진 모퉁이를 돌아서자 음악실이 나왔다. 커다란 피아노가 있는 텅 빈 교실이었다. 그녀가 문을 밀자 그가 피아노를 치다 말고 그녀를 향해 미소를 지었다. 에릭 사티의 〈짐노페디 1번〉.

그녀는 끌리듯 다가가 그의 곁에 앉았다. 아주 가까이 앉지는 않았다. 하지만 여름 밤 바다의 찬 기운이 아주 약간 완화될 정도의 온기는 느낄 만큼의 거리였다. 명백한 온기가 벗은 팔뚝으로 전해져 왔으니까. 육체는 40년이 지나도 그 기억을 지우지 않았고 마치 모든 것이 폐허로 돌아간 듯한 이 지하의 공간에서 그 기억을 그녀에게 돌려주고 있었다. 그때 주먹이 두어 개 들어

갈 만큼 떨어져 앉은 두 사람 사이엔 수줍음 말고도 또 한 존재가 있었다. 영원을 주관한다는 그분이. 한 사람 은 그를 위해 인생을 바친다고 약속했고 한 사람은 그 약속을 위해 사랑을 양보하겠다고 약속했었다.

23

"네가 집에 가는 길에 로사를 데려다줘라. 로사 동생 집의 주소는 아까 새벽에 로사에게 받은 거 문자로 네게 보냈어."

바에서 나왔을 때 이미 12시가 넘어 있었다. 여전히 대답을 듣지 못한 채로 그녀는 일어섰다. 40년이나 늙었다는 것은 좋은 일이었다. 이상하게 그녀의 마음은 오히려 잔잔한 바다 같았다. 그도 그런 것 같았다. 아까 에릭 사티의 〈짐노페디〉가 연주될 때 모든 추억과 망각이 완성되었는지도 모른다.

"잘 들어가라."

맨해튼 길거리에서 그가 말했다. 그와 그녀는 악수조차 하지 않았다. 그는 약간 화가 난 듯도 보였으나, 실은 당혹스러워 견딜 수가 없는 것 같았다. 그녀는 이제 그런 것은 상관이 없었다. 아마도 문제는 그가 아니라 과거의 그였기 때문이리라. 그리고 이제 그녀에게 문제는 과거의 그녀가 아니라 현재의 그녀이기 때문이었다.

"오늘 감사했어요."

바람이 찼다. 그녀와 여동생은 마치 오래된 여자 친구들처럼 뛰어가 차에 올라탔다. 그녀는 뒤돌아보지 않았다. 어쩌면 그도 그랬을지도 모르겠다.

"살다 보니 이런 날이 있네."

그의 여동생이 차를 출발시키며 말했다. 허드슨 강의 불빛들이 환했고 시간이 많이 늦어 차들은 그리 많이 밀리지 않았다.

"그래, 살다 보면 참 별 날이 다 오네."

그녀가 대답했다.

"나도 이혼했어, 언니. 나도 딸 하나랑 함께 살아."

"그래."

그녀가 담담하게 대답했다.

"이혼하고 나니까 보이지 않던 것들이 많이 보여. 아까 이야기 들으면서 언니한테 미안하다고 말해야 한다고 생각했어. 난 오빠가 언니에게 그런 말을 했는 줄은……."

"기억 못 한다잖아. 괜찮아."

"살기 위해 잊었을 거야. 난 알 것 같아. 오빠가 사랑한 사람이 언니였다는 것은 알잖아. 오빠가 그런 말을 함부로 하고 돌아서면 잊어버리는 그런 사람이 아닌 건 언니도 또 아는 거고."

그녀가 피식 웃었다. 어떤 의미로 이 순간 웃음이 나오는지 그녀도 잘 알 수 없었다. 하지만 살기 위해 잊어야 했다는 말은 가슴에 와서 박혔다. 그녀는 아직 먼 바다로 나간 일을 기억해 내지 못하고 있다. 그녀도 살기 위해 그랬던 것일까. 그녀가 그를 따라 모든 육체의 금기를 무릅쓰고 먼 바다로 나갔다면, 그건 아마도 그녀가 그를 사랑한 절정의 날이었을 것이다. 마찬가지로 그가 그녀에게 이제껏 살아온 생의 길을 변경시켜 제안을 했던 것도 그로서는 그녀에 대한 사랑의 절정인 날이었을 것이다. 두 사람은 각자의 절정을 지워버리고 40년을 보냈다. 그의 여동생 말대로 살기 위해서였을지도 모른다. 무엇보다 굳이 찾지 않아도 되는, 아니 찾지 않아야 더 좋은 기억이었을지도 모른다.

"엄마는 오빠가 신학교를 그만두지 못하게 하려고 모든 수단을 썼어. 언니의 전화를 전해주지 말라고 내게 신신당부했어. 그 무렵 언니가 우리 집에 전화를 건 게, 그 만남 다음이었던 거구나."

"너는 기억나니?"

그녀가 물었다.

그렇게 집으로 돌아온 지 일주일인가 열흘이 지난 후, 그녀는 그의 집에 전화를 걸었다. 전화를 받은 것은 그의 어머니였다. 그녀는 그의 어머니가 몹시 어려웠지만 자신의 존재를 잘 모를 거라고 생각했기에 말했었다. 인줏빛 공중전화기를 들고 천천히 말하며 떨었던 기억이 아직도 났다. 날씨가 너무 추워서였고 그 어머니의 딱딱한 발음이 두려워서였다. 자기가 신학생을 유혹하고 있는지도 모른다는 죄책감과 그를 거절한 미안함 때문이었으며, 그 모든 것을 합친 것보다 더한 이유 때문이었다. 그가 너무나 보고 싶었기 때문에.

"저 이번에 주일학교 교사가 된 이미호 로사라고 합니다. 요셉 학사님께 꼭 전해드릴 게 있어서 전화했어요. 집에 돌아오시면 꼭 전해주세요. 저희 집 번호는 아실 겁니다."

그날부터 거실의 수화기 옆에 붙어 앉아 있었다. 외출에서 돌아오면 집안 식구를 붙들고 누군가에게 전화가 걸려왔었는지를 물었다. 집 거실에 나가 울리지 않는 수화기를 들어 고장이 나지 않았는지 확인해 본 것은 또 몇 번이었던가. 그리고 다시 전화를 걸자 여동생이 받았다.

"응, 나 미호 언니야. 학사님께 여러 번 전화했는데 연락이 안 되어서."

그러면 여동생이 대답했었다.

"언니 들었어. 엄마가 오빠에게 이야기했고 나도 이야기했어. 알았다고 하던데?"

여동생은 그녀를 좋아했고 잘 따랐기에 그녀는 여동생이 거짓말할 거라는 생각은 하지 못했었다.

"오늘 전해드릴 거 가지고 기다린다고 꼭 좀 말씀드려 줘. 공원에 있을 거라고."

아주 추운 겨울날이었다. 그날이 자신의 생일이라고 그녀는 덧붙이지 않았다.

"언니가 벌써 세 번이나 전화했다고 내가 전했어. 언니 걱정 마."

어쩌면 여동생은 깜찍하게도 그렇게 말했는지도 모르겠다. 여동생은 그때 그녀가 그 추위 속에서 두 시간을 넘게 미련스레 그를 기다릴 거라고는 생각하지 못했을 것이다. 그리고 그 밤, 춥던 그 겨울 밤, 그녀가 열아홉 살이 되던 그 생일날 밤, 그녀는 자신이 정해놓은 약속 시간에서 두 시간을 더 기다리고 얼어붙은 발을 질질 끌며 집으로 돌아왔었다.

"미안해 언니."

"아이 그만해. 40년 전 일이야."

"그래도 미안한 건 미안한 거지……. 언제나 느끼는 거지만 약간 잘못했을 때 인정하면 약간 잘못하는 것이 되는데, 잘못이 하나도 없다라고 우기기 시작하면 이야기가 커지더라구요."

여동생은 신호등에 멈추어 서며 장갑을 끼지 않은 두 손을 비볐다.

"오빠가 지금 새언니하고 만나 얼마 되지도 않아 바로 결혼할 거라는 거, 엄마와 나는 생각도 못 했어. 오빠가 로사 언니를 얼마나 좋아하는지 알았기에 다른 쪽은 걱정도 안 했지. 인생은 늘 이런 건가 싶어…… 기습 같아……. 참 언니도 우리 새언니 알지? 같이 주일학교 교사였잖아?"

그녀는 고개를 저었다.

"얼굴과 이름은 알지. 그런데 나는 한 3개월 후에 그 동네와 성당을 떠나서 실은 잘 몰라."

"엄마는 우리가 벌을 받은 거래. 흑노래기벌 같은 여자한테."

술이 확 깨어나는 기분이었다.

"흑노래기벌?"

"응, 오빠가 좋아하는 『파브르 곤충기』에 나와. 바구미를 잡아 산 채로 마취시키지. 목숨도 끊지 않고 다만 도망치지만 못하게 하고 천천히 먹이로 먹는."

"아, 왕노래기벌? 그거 너무 심하다."

"왕이야? 흑이 아니구? 뭐 아무튼 그 미친 벌 있잖아."

여동생이 잠시 머쓱한지 입을 앙다물더니 다시 말을 이었다.

"심하지. 엄마가 그럴 때 나도 그렇게 말했으니까. 하지만 아주 틀린 이야기도 아니야. 아까 오빠가 카드 대신 지폐 내는 거 봤지? 오빠 여기서도 성공한 사람이야. 회사 오너는 새언니 오빠지만 그 사람은 매일 골프 치고 여행 다니고 거의 여기 없어. 오빠가 모든 사업체를 다 이끌었으니까. 오빠네 회사의 의자는 여기 고급 잡지에도 나오고. 오빠가 새로 이사한 맨해튼 어퍼이스트의 고급 부티크에 매장도 있어. 그런데 오빠는 한국에서 누가 와도 신용카드 한번 제대로 못 써."

여동생이 말했다. 이해할 수가 없었다.

"핸드폰도 다 뒤져. 여자랑 주고받은 문자, 여자랑 찍은 사진이라도 있으면 밤을 새워 난리가 나. 오빠는 그렇게 40년을 살았어."

굳어진 모습으로 "네 핸드폰을 줘" 하던 그의 모습이 그제야 이해가 되었다. 퍼즐이 한 조각씩 맞춰질 때마다 누추하고 비극적인 그림이 드러나는 것 같았다.

"내가 너무 남의 생각은 안 하고 나밖에 모르지?"

그 말은 그래서 나온 것이었구나, 하는 생각이 들었다.

"특히 오빠가 신학교 다닐 때 성당 사람들. 새언니가 제일 싫어하는 사람들."

그녀는 굵은 침을 꿀꺽 삼켰다. 삶은 그렇게 가차없었다.

"새언니가 언니가 독일에서 보낸 편지를 발견했대. 오빠가 깊숙이 감춰놓은 걸. ……40년 동안 한국에서 사람이 오면, 특히 우리 성당 사람들이 오면 새언니는 힘들어 했어. 그런데 정작 미호 언니는 이제야 왔네."

동생이 하는 말이 무슨 소리인지 그녀는 알아들었다. 그건 삶은 이렇게 가차없고 매정하다, 는 소리였으리라.

"이제 와서 무슨 소용일까마는 그때 오빠는 딱히 신학교를 그만두고 싶어 하지 않았어. 오늘 이야기를 들어보니 언니를 잡고 싶은 마음이 더 컸나 싶다. 그런데 언니가 거절을 했으니 딱히 그만둘 이유는 없었겠지. 생각난다. 어느 날부터 오빠가 딴사람처럼 변했어. 매일 술 마시고 돌아와 미사도 가지 않고. 엄마와 나는 오빠가 광주항쟁에 충격을 받아 그런다고만 생각했던 거야.

우리는 믿을 수가 없었지. 명랑했고 장난꾸러기 같은 오빠가 변해가는 걸 봐야 했으니까. 지금도 사실 잘 모르겠어. 그게 광주항쟁 때문인지 새언니 때문이었는지…… 그런데 오늘 이야기를 들으면서 알게 되었어. 어쩌면 미호 언니 때문이었겠구나."

"글쎄……, 사는 게 뭐 그렇게 똑떨어지겠니? 어쩌면 그 모든 것 때문이겠지. 로메로 신부 때문이거나."

"로메로 신부?"

"응."

동생은 더 묻지 않았다.

인생의 어떤 시절에 우리가 우리 아닌 사람으로 변해 갈 때, 누가 그 이유를 핀셋으로 집어내서 이것 때문이었다, 라고 말할 수 있겠는가. 봄이 당도해야 할 이 시기에 와야 할 봄을 오지 못하게 맨해튼에는 폭풍이 불어닥치고 있지 않은가 말이다.

"나 실은 그날 이후 오빠를 한 번 더 만났 던 것 같아."

그녀가 말했다. 문득 그날이 선명하게 떠올라왔다. 여동생이 그녀를 의아하게 바라보았다.

"오늘에서야 그게 생각났어. 그렇게 그 동네를 떠나고 1년이 채 안 된 어느 날이었던 거 같아. 내가 아직 독일로 가기 전 학교를 그만두기 전이니까. 내가 그 무렵 서울 변두리로 이사 간 거 너도 알잖아. 그래서 이른 아침에 명동에서 버스를 갈아타려고 서 있는데, 오빠가 거기 서 있는 게 보였어. 딱히 버스를 기다리는 것 같지도 않았는데 어느 건물의 처마 밑에 서 있는 거야. 너무 놀라 내가 다가갔지. 지금도 기억나. 오빠는 나를 거의 몰라보는 것 같았어. 아니, 누구세요? 하는 차가운 눈빛이었던가? 아니, 그것도 아니야. 나를 바라보고 있었는데

'딱히 내가 아니라 내 눈을 뚫고 내 뒤통수를 뚫고 어디 먼 곳을 바라보는 것만 같았어."

그녀는 마치 오늘처럼, 하는 말을 덧붙이려다 말았다.

"그래? 그 무렵 오빠는 학교를 그만두지도 않은 채로 자주 외박했어. 언니, 그 이유는……."

여동생은 입을 다물었다. 그녀도 더 묻지 않았다. 이제 그들은 더 이상 어린아이들이 아니었다.

"나는 학교를 가는 길이었지만 이 기회를 놓치면 안 된다고 생각했어. 내가 말했지, 어디 가서 차라도 한잔 해요. 그 시간이 7시 반쯤이었나? 그 아침에 어딜 가서 차를 마시겠냐마는. 그때 오빠가 고개를 저었어. 단호하게! 그날 군대로 떠나는 자신을 기다려달라는 간절했던 제의를 제대로 거절도 안 하고 벌떡 일어나 나온 나를 미워하는구나, 용서하지 못했구나 하는 생각이 들어 나는 나를 자책했지. 많이 화가 났구나 싶었어. 집 전화번호라도 드리고 싶었는데 변두리로 쫓겨간 우리 집은 전화조차 설치할 수 없이 가난해졌거든……. 나의 자존심도 무너져내렸지. 그날 그냥 버스를 타고 학교로 가버렸어. 생각해 보니 그게 마지막이었어. 그것도 만남이라고 할 수 있었다면."

여동생은 가만히 전방을 응시하다가 그녀를 바라보았다.

"하느님도 너무하시다. 하필이면 그 순간에 언니를 다시 만나게 하시다니. 아침 7시 반에 오빠가 거기 왜 있겠어?"

한번도 상상해 보지 않은 말이었기에 그녀의 가슴이 몇 계단 아래로 굴러 떨어지는 것 같았다. 나이가 육십이 다 되어서도 이런 감정이 남아 있구나 싶었다. 그녀는 마른 눈꺼풀을 몇 번 천천히 깜박였다.

그녀는 그의 표정을 기억하고 있었다. 오늘 레스토랑에서처럼 무표정하던 그런 얼굴이었다. 그보다 더 차가웠고 그보다 더 무감각했다.

"언니, 우리 오빠 심정이 어땠을까? 하필이면 학교에도 가지 않고 외박하고 돌아오던 그런 아침에 언니를 만나다니."

그녀도 여동생도 잠시 동안 침묵했다.

"엄마와 말했지. 오빠를 결혼 시키는 것 외에는 방법이 없겠다고. 그녀가 오빠를 자기 친정 식구들이 있는 이곳으로 데리고 왔지. 새언니도 인간으로 보면 그리 나쁜 사람은 절대 아니야. 오빠를 참 좋아했고 지금도 좋아하고 그래서 다 좋은데, 오빠를 못 믿어. 너무! 좋아하니까. 오빠의 소지품을 뒤지고 오빠는 아무도 만날 수가 없어. 오늘도 그래서 나를 나오라고 한 거야. 오직 하나 예외가 나하고 엄마니까. 새언니가 제일 싫어하는 사람들이 한국의 우리 성당 사람들. 우리 성당 사람들은 오빠가 갖고 있는 마지막 한국의 끈인데 그 사람들이 여기 올 때마다 오빠와 언니는 큰 싸움을 했어. 엄마는 차라리 이혼하라고 했지만 어느 날 오빠가 말했어. '엄마, 나 하느님하고 약속했다가 한 번 배신했어. 이번에 또 그러면 세 번째야.' 그리고 연이어 아이들이 태어났어. 넷이나."

차는 허드슨 강을 따라 달렸다. 그녀는 앞만 보고 있었다. 그녀의 마음이 맨해튼이라면 쌍둥이 빌딩이 무너지고 이제 온 도시가 불타고 있는 것 같았다. 그라운드 제로였다.

"언니……, 오빠가 왜 세 번째 배신이라고 했는지 묻지 않아?"

동생이 물었다. 그녀가 입술을 앙다물었다.

얼마 후 그녀가 말했다.

"오늘 하루가 40년보다 더 길게 느껴져……. 아니, 내

인생보다 더 긴 것 같다."

"나도 눈물이 난다. 언니야……, 오빠는 죽고 싶어 했어. 그런 오빠를 지키기 위해 아이들 넷을 엄마랑 내가 다 봤어. 새언니의 심기를 건드리지 않아야 새언니가 오빠를 건드리지 않고 그래야 우리도 살 수 있으니까. 사이클을 타지 않았다면 장거리를 몇십 킬로씩 달리지 않았더라면 오빠는 죽었을지도 몰라."

그녀는 뚫어져라 허드슨 강물에 비치는 맨해튼의 밤불빛을 바라보고 있었다. 그때 일순 커다란 섬광이 비추었고 강물이 백색으로 변했다. 번개였다. 세상이 일순 흑백 영화처럼 변했다. 바람은 여전히 거셌다. 모든 것이 부질없다는 생각이 들었다. 다시 번개가 쳤다. 비로소 통증이 시작되었다.

"바람이 심하더니 폭풍이 오려나 봐. 퀸스브로 다리 건너서 나 적당히 내려주고 어서 가, 조심해."

"응, 예보에 그러더라. 폭풍이 온대. 언니도 감기 조심하세요."

그들은 다시 만날 약속을 하지는 않았다.

24

처음에 약하게 시작되었던 통증은 조금씩 조금씩 더 해지고 있었다. 마치 온 가슴이 치통을 앓는 것 같았다.

시간이 많이 늦어서인지 거실에는 촉수 낮은 불이 하나 켜져 있고 이층 침실에서 동생네는 다 잠든 것 같 았다. 그녀는 냉장고에서 물을 꺼내려다 말고 식탁에 잠 시 앉았다.

"이모, 발끝으로 춤을 추는 건 힘든 게 아니야. 제일 힘든 건 무대에서 다른 아이들이 춤출 때 뒤에서 멈춰 서 있는 거야. 그런데 우리 발레 선생님이 그랬어. 그 멈 춰 서 있는 것도 춤이라고……."

그녀는 생각했다. 멈춰 서 있는 것도 춤이라면 멈추 어 있던 통증도 사라진 것이 아니라 계속되었던 것, 어 쩌면 숙성되고 있었던 것은 아니었을까. 사랑도 그리움도 그랬다. 숙성된 그리움과 아픔이 이제 뚜껑을 열고 나와 그녀의 주인 행세를 하는 듯했다. 그녀는 이 아픔에 속수무책인 채로 식탁 곁에 엉거주춤 서 있었다. 핸드폰이 울렸다. 그의 여동생이었다. 여동생은 잘 들어갔죠? 하고 의례적인 인사를 하더니 잠시 망설인 후에 말했다.

"미안해, 언니. 오빠가 절대 말하지 말라고 했는데 오빠 지난 달부터 별거해. 나 또 거짓말로 두 사람을 떨어지게 하고 싶지 않아. 몰라, 하느님이 알아서 하시겠지. 언니, 보고 싶었어. 많이. 감시하기 위해서가 아니고 진짜. 언니도 알지만 인생이라는 게 왜 이렇게 만나야 할 사람들은 못 만나고 만나지 않으면 좋을 사람을 만나는 건지……. 언니, 나 울고 싶어……. 오늘 언니 만나서 참 기쁜 거 맞는데 집 앞에 도착해서도 집에 못 들어가고 있어. 그냥 엄마 얼굴을 보면 서로 울 거 같아. 우린 알거든, 오빠가 평생을 불행해했다는 걸."

웃어야 할지 울어야 할지 아무것도 알 수 없었다. 그녀는 외투를 다 벗지도 못하고 그 자리에 무너지듯 앉았다. 그리고 또 한 통 딸에게서 문자가 와 있었다.

—엄마 잘 도착했구나. 첫사랑 잘 만났어? 어땠어? 궁금하다. 영상통화 걸고 싶은데 엄마 데이트에 방해될까 봐 안 걸고 문자로 보내. 엄마, 할머니에게 내 이야기 뭐라고 했어? 할머니가 아까 나한테 영상통화 하셨어. 내 얼굴을 보더니 막 우시더라구. 힘들어서 어쩌냐구. 먹고 싶은 거 없나, 용돈 보내줄까, 이러시더니 이 세상이, 미국이고 독일이고 한국이고 남자 새끼들 다 여자들 우습게 아는데 기죽지 말라고. 하느님의 창조 사업을 이어가는 건 결국 여자들인데 그것들이 질투가 나서 그런다나. 큭큭, 우리 할머니 때문에 나도 오랜만에 막 웃고 그랬어. 참, 엄마. 할머니가 나 아기 낳을 때 한국에 오신대. 미역국 끓여주러. 할머니 무슨 소리야? 저 괜찮아요, 하니까 할머니가 니 엄마가 뭘 아니? 애도 하나밖에 안 낳은걸, 내가 셋이나 낳아봐서 안다, 이러셨어. 엄마, 우리 할머니 너무 멋진 분. 우리 엄마도 엄마의 엄마도 멋진 분. 나도 우리 아이한테 멋진 엄마가 될 거야.

그때 1층 어머니 방의 문이 열렸다. 어머니는 문고판 책을 든 채였다. 목걸이 돋보기가 나이트가운 아래로 늘어져 있었다. 외투도 벗지 않고 식탁에 앉아 있는 그녀를 보고 어머니가 말했다.

"늦었구나."

어머니는 식탁으로 다가와 냉장고를 열었다.

"엄마, 타이레놀 있어?"

어머니는 냉장고에서 오렌지주스를 꺼내다 말고 그녀를 돌아보더니 잠시 생각하다가 말했다.

"마음이 아프니?"

그녀는 순간 움찔했다. 그리고 어쩌면 그녀와 어머니가 닮았다는 것을 새삼 깨달았다. 필사적으로 허리 치수를 늘리지 않으려 했던 것, 고통받는 남자 앞에서 순식간에 무심해지는 것, 중요한 일이 닥치면 도망치고 보는 것. 어쩌면 어머니를 미워했던 것은 자신 안에 있는 어머니와의 닮음을 미워했었던 것인지도 몰랐다. 그렇게 닮은 모녀였기에 어머니는 그녀의 표정을 보고 알아차리는 걸 거다. 아버지가 마지막으로 그녀의 손을 잡고 "이 나라를 떠나거라" 유언 같은 말을 남겼을 때도 그녀는 아버지에게, 그토록 사랑하는 아버지에게 "아버지, 내가 아버지를 지킬게요"라고 말하지 못했다. 오래 앓던 아버지에게는 나쁜 냄새가 났다. 수염이 난 아버지는 젊고 멋있는 교수가 아니라 늙은 노숙자 같았다. 그녀는 그런 아버지가 낯설고 싫었다. 그녀는 자신이 비난하던 그 엄마와 같았다. 인생이 그녀의 잘못을 응축해 놓았다가 지금 이 순간 와와, 하고 마치 우리에 있던 야생 짐승들을 풀어놓듯이 풀어놓는 것 같았다. 그들이 그녀의 일상의 안온을 짓밟고 상처를 헤집는 걸 막을 수 없었다.

"응, 아파 엄마."

그녀는 뜻밖에도 순순히 대답했다.

"기다려봐라."

어머니는 방으로 돌아가 잠시 후 작은 알약 두 개를 가지고 나왔다. 어머니가 물을 가지러 간 사이 그녀는 어머니가 읽다가 놓아둔 책을 보았다. 헤밍웨이의 『해는 또다시 떠오른다』였다. 그레타 가르보가 믿을 수 없을 만큼 매력적인 여주인공으로 등장했던 영화가 떠올랐다.

"돌아보니까, 아픈 것도 인생이야. 사람이 상처를 겪으면 외상 후 스트레스성 장애라는 것을 겪는다고 하고 그게 맞지만, 외상 후 성장도 있어. 엄청난 고통을 겪으면 우리는 가끔 성장한단다. 상처가 나쁘기만 하다는 것은 하나만 알고 둘은 모르는 거지. 피하지 마. 피하지만 않으면 돼. 우린 마치 서핑을 하는 것처럼 그 파도를 넘어 더 먼 바다로 나갈 수 있게 되는 거야. 다만 그 사이에 날이 가고 밤이 오고 침묵이 있고 수다가 있고 그런 거야. 젊어서는 죽었다 깨어나도 이걸 깨닫지 못해. 하지만 이제 너도 오십이 훨씬 넘었고 이제는 이해할 수 있을 거야. 너무 많이는 아파하지 마. 그러면 상하고 늙어 살도 찐단다."

어머니가 말했다. 뜻밖에도 세상을 많이 산 여자 선배 같은 침착한 말투였다. 그녀가 코를 훌쩍 들이켰다. 그리고 마지막 말에는 약간 웃었다.

"많이도 미워하고 많이도 원망했었다. 그러나 이만큼 살고 죽음이 더는 두렵지 않은 나이가 되고 보니 사랑하는 사람에게는 사랑한다고 말하고 미워하는 사람에게는 날씨가 춥죠? 하고 인사하고……. 살아보니 이 두 마디 외에 뭐가 더 필요할까 싶다. 살아보니 이게 다인 것 같아, 미호야."

문득 그녀가 어머니를 바라보았다. 화장을 지운 얼굴에는 검버섯이 여기저기 피어 있고 풀어 헤친 머리는 오랜 염색으로 빛이 바래고 윤기가 없었다. 늙고 작은 여인이 거기 서 있었으나, 그녀는 처음으로 어머니가 아름답다는 생각을 했다. 오랜 노력으로 그리 배가 나오지 않은 몸, 오랜 노력으로 아직도 쭉 펴진 어깨, 그리고 침착하며 오만한 표정. 그녀는 자기도 모르게 어머니에게로 다가가 그녀를 안았다. 생각보다 어머니는 몹시 작았다. 생각보다 뼈가 앙상했고 생각보다 보드라웠다. 공항에서 작별할 때 말고 어머니를 이렇게 마음으로 안아보는 것이 얼마 만인지 알 수 없었다. 게다가 어머니의 육체를 느껴보는 것은 대체 얼마 만인지. 그녀가 말했다.

"엄마, 생각해 봤는데, 헤밍웨이가 첫사랑에서 상처를 많이 받았더라. 헤밍웨이는 진심이었는데 그 여자가 헤밍웨이의 진심을 가볍게 여기고 진중하게 받아주지 않아서, 그녀는 그를 가벼운 연애 상대로 여겼고 그리고 그의 사랑의 진실을 믿지 않았지. 격분한 헤밍웨이는 어느 날 배신을 당했다는 것을 알게 되고 돌이킬 수 없을 정도로 깊은 상처를 입어……. 나중에 그녀가 미국 중서부 헤밍웨이네 집으로 그를 찾아오는데 그가 거절하지. 그는 이미 너무 상처 입은 후여서 그녀를 받아들일 수가 없었던 거래. 헤밍웨이가 그녀에 대한 상처로 평생을 방황했다고."

"그렇긴 뭐가 그래? 그냥 바람 피우려고 핑계를 댄

거지."

　어머니가 단호하게 말했다. 그녀는 자신도 모르게 까르르 웃었다. 이제야 어머니다운 것 같았다. 모녀는 깊은 밤 그렇게 서서 잠시 유쾌하게 웃었다.

25

마이애미 바닷가에는 부드러운 바람이 불어왔다. 바닷가와 호텔 테라스 사이에 마련된 바에는 내일 뉴욕으로 가는 미호를 환송한다는 핑계로 선생들이 모여 있었다. 주제는 여전히 첫사랑이었다.

"우리 어머니 이야기를 해볼까 싶어요."

말을 꺼낸 것은 영문과의 이 교수였다. 평소에 늘 과묵하고 맑은 사람이라 알고 있었다.

"저희 아버지는 유명한 변호사이세요. 혹시 들어보셨는지 모르지만 대통령을 모셨던 분이시죠."

그녀는 문득 이 교수의 집안이 좋다는 이야기를 들은 게 기억났다.

"아버지는 당시 그냥 가난한 집안의 장자셨어요. 학교를 졸업하고 당시 사법시험을 준비하시고 그러느라고 서른이 다 된 나이에 선을 보셔서 저희 어머니를 만나셨다고 해요. 어머니는 평범한 집안에서 태어난 평범한 여성이었어요. 글쎄요, 그 말로밖에는 어떤 설명을 해야 할지 모르겠어요. 아버지는 어머니에게 첫눈에 반하셨다고 했어요. 두 분은 결혼하셨고 금슬이 정말 좋으셨지요. 어머니는 우리 다섯 형제를 낳고 제가 초등학교 때 병으로 돌아가셨어요. 막내인 저는 너무 어렸어서 형들 등에 업혀서 울지도 못했지요."

이미 돌아가신 아버지와 어머니의 첫사랑이 무슨 의미가 있을까 싶었지만 교수들은 조용히 귀를 기울였다.

"그 후로 아버지는 시골에서 먼 친척분이신 할머니를 집에 모셔왔지요. 우리 다섯 형제는 그 할머니의 보살핌 속에서 자랐어요. 어른이 되어서 생각해 보니 친척 어른들이 무던히도 재혼을 권하셨던 것 같아요. 그러나 아버지는 미동도 하지 않으셨어요. 한 가지 아버지에 대해 기억나는 일이 있다면 아무리 그 전날 늦게까지 술을 드시고 돌아오셔도 다음 날 아침 새벽미사를 꼭 참례하셨다는 거예요. 그게 참으로 인상적인 모습이었어요.

돌아가시기 전, 복 많으신 양반은 병원 호스피스 병

동에서 우리 다섯 형제의 배웅을 받으셨어요. 다른 이야기 끝에 아버지가 말씀하셨어요.

'내가 죽으면 제사는 지내지 말고 네 엄마의 기일에 나와 네 엄마를 위해 연미사를 봉헌하고 기도해 다오. 나는 신앙심이 있는 사람인지 스스로 잘 모르겠다. 다만 네 엄마가 죽었을 때 생각했다. 신이 있는지 없는지 알 수 없지만 그녀를 다시 만난다는 희망을 주는 이 종교가 나는 정말이지 고맙다고. 이상하게도 네 엄마를 처음 만난 순간부터 사랑해서 지금까지 단 한 순간도 사랑을 멈춘 일이 없었다. 20년을 함께 살 때도 그녀가 세상을 떠나고 그로부터 40년이 지난 오늘까지 단 한 순간도 그 사랑은 나를 떠나지 않았어. 오늘 이 세상을 떠나기 전, 네 엄마가 가장 보고 싶구나, 너무나도 보고 싶어.'

아버지는 이틀 후 눈을 감으셨어요. 저도 아내를 사랑하고 늘 고마워하긴 하지만 아버지의 이야기를 들으며 생각했어요. 정말 이런 사랑이 가능하기나 한가? 젊어 20년 동안 살 때는 그렇다 쳐도, 죽어 40년이 지난 후에도 그것이 가능한 것일까? 작년에 뉴욕 맨해튼의 9/11 메모리얼 파크에 갔을 때 버질의 시를 봤지요.

'No day shall erase you from the memory of time.(그 시간의 기억에서 당신을 지우는 날은 오지 않을 것이다.)'"

　노데이, 쉘, 이라고 그가 영어 구절을 외울 때, shall, 쉘이라는 단어가 그녀의 가슴에 와서 박혔다. 어린 시절 영어시간에 배웠던 단어, 그건 운명 혹은 숙명 저 미래를 내포하는 단어이기도 했다. 일행은 조용히 건배를 했다. 모두가 입을 다물었다. 시간을 이길 수 있는 것, 죽음을 이길 수 있는 것, 그것이 사랑일까? 그녀는 마이애미 바닷가에서 생각했었다.

26

　어머니가 잠든 후에도 그녀는 잠들지 못했다. 부엌으로 나가 위스키를 한 잔 따라서 얼음을 채워 방으로 돌아왔다. 창밖으로는 거센 바람 소리가 창을 두드려대고 있었다. 문득 순천 금둔사에 피었다는 홍매화가 보고 싶었다. 그녀는 핸드폰을 열었다. 초점이 맞지 않는 그녀가 월드 트레이드 몰을 배경으로 서 있었다. 그는 얼마나 떨고 있었던 것일까. 그녀는 딸이 보내준 홍매화를 보았다. 그녀는 핸드폰을 열고 간단한 메모를 했다.

　내 평생 너는 영원히 고독하리라, 는 소리가

　하루 종일 들려왔다.

　홍매화.

　얇은 칼날들에 마음을 베어

나도 붉어진 밤…….

　　맹세도 없이

　　헤어짐도 없이 봄날은 간다.

　　그녀는 위스키를 다 마시고 불을 껐다. 어둠 속에서 신경은 고슴도치처럼 일어나고 있었다. 오늘 일어난 일이, 40년 만의 해후가 어지러이 그녀의 베개 가에 붙어 닥쳤다. 창 밖에 미친 듯이 불어가는 저 바람이 그녀의 내면의 소리라고 해도 과장이 아닐 듯했다. 마치 충격적인 영화 한 편을 보고 막 돌아온 사람처럼 그녀는 고요할 수 없었다. 어디선가 육중한 물건 하나가 박살이 나는 소리가 들렸다. 안간힘을 다해 이어오던 그녀의 평화가 오늘 만남으로 산산조각이 났다는 것이 느껴졌다. 슬픈 것도 아니고 괴로운 것도 아니었다. 뿌듯하지도 않고 외롭지도 않았다. 다만 그와 헤어진 후 40년의 생이 롤러코스터가 눈앞을 스쳐가듯 감은 그녀의 눈앞으로 지나갔다.

　　행복했었던가, 알 수 없었다. 불행했었던가, 얼마간 그랬다. 그토록 원했었으나 손끝에 만져진다고 생각할 때마다 아슬아슬 닿지 못했던 사랑들이 다시 한 번 그녀를 떠나 저 회오리바람 위로 솟구쳐 사라지는 것을 바라보는 기분이었다. 이런 생각을 하고 돌아누우며 그녀는 자기도 모르게 잠시 신음을 뱉었다.

누군가 물었다면 대답했을 것이다. 모든 것이, 마치 태어나고 죽는 것처럼 모든 것이, 마치 예기치 않은 만남과 헤어짐이 그렇듯, 그저 운명이라고밖에는 말씀드릴 수가 없어요, 라고.

누군가, 생을 두고 누군가를 사랑한 일이 있었는가, 물으면, 그것이 제게도 의문이라고 대답했을 것이다. 후회하느냐고 물으면 대답하겠지. 그건 너무도 부질없는 질문이군요.

그러나 생을 두고 누구도 그런 질문을 하지 않았다. 그녀는 단 한번도 shall이라는 단어를 쓰지 않았다.

그녀는 더는 잠들지 못하고 일어나 앉았다.

낯선 동생네 서재 밖으로 바람이 불고 있었다. 술을 더 마실 수도 없고 책을 읽을 수도 없는, 어정쩡한 밤이었다. 그녀는 창가로 다가가 밖을 내다보았다. 정원의 가로등 아래로 잎을 다 떨군 벗나무 아래 관목들이 거센 바람을 맞고 있었다. 가슴 저 밑으로부터 올라오는 압력이 팽팽히 부풀고 있었다. 가슴속으로 부풀어 오르는 압력이 너무 강렬해서 그녀에게는 실내의 더운 공기가 숨이 막히는 듯했다. 그녀는 잠옷 위로 코트를 걸치고 아까 여동생이 건네준 검은색 니트 스카프를 숄처럼 어깨에 둘렀다. 그리고 천천히 현관문을 밀었다. 차가운 바람이 마치 거센 파도처럼 그녀를 끌어들였다. 그 거센 바람에 압도되는 대신 이상하게도 신선했다. 무언가에 끌리듯 나온 것이긴 했지만 이 찬바람이 그녀 가슴의 압력을 빼주고 얼마간 어루만지는 것 같았다. 엄청나게 예민해지던 순간이 있었다. 그럴 때 그녀는 젊은 시절 정경화가 연주한 멘델스존의 〈바이올린 콘체르토 1번〉을 들었다. 그녀가 아무리 예민하고 그녀가 아무리 날카로워져 있어도 그걸 연주하는 정경화처럼 그만큼 예민하고 그만큼 날카로울 수는 없었기에. 그 신경질적이고 민감한 현은 그녀의 날카로울 대로 날카로워진 신경을 압도하곤 했었다. 그렇게 그녀의 가슴속에서보다 더한 폭풍이 그녀의 가슴속 폭풍을 얼마간 진정시키고 있었다.

맨발에 부츠를 신고 잠옷이 비죽 나온 상태로 코트를 입은 그녀는 고개를 들었다. 분명 눈앞에 낯선 물체가 하나 서 있었다. 낯선 자동차는 동생네 정원 앞 도로에 서 있었다. 동생네 차들은 차고에 들어가 있었기에 분명 동생네 집 앞 도로에는 아무것도 없어야 했던 것이다. 비행접시라도 내려온 듯 돌연한 풍경이었다. 바라보니 낮은 소리로 으르릉거리며 시동이 켜 있었다. 그리고 조용히 문이 열리고 침착하게 한 사람이 어둡고 세찬 바람 속으로 나타났다.

그녀의 머리카락이 하늘로 솟구쳤다. 그녀는 숄처럼 두른 검은색 니트 스카프를 머리 위로 뒤집어썼다.

먼 바다에서 돌아온 것처럼 그가 천천히 그녀를 향해 다가오고 있었다. 멀리서 눈이 마주쳤다. 시간이 박자를 잃고 느리게 흘러가기 시작했다. 박자를 잃은 것은 시간뿐은 아니었으리라. 그 차갑고 드세고 거친 바람 속에서 그녀는 종아리 곁에서 다가와 발목을 휘감는 따스한 기운을 분명 느꼈다. 태양 속에 몸을 담그고 헤엄을 치고 있노라면 분명 지금 자신이 몸을 담고 있는 그 물 말고 다른 온도의 조수를 느끼듯, 바로 그것처럼 온화한 기운이 종아리에서 허리로 그리고 등으로 감겨오는 것이었다. 연한 에메랄드빛 바다. 뉴저지 한 구석 주택가의 그녀를 향해 다가오는 그와 그녀 사이로 그 바다가 밀려왔다.

에메랄드빛 서해바다는 따스했다. 먼 바다라고 해도 물이 그리 깊지는 않았던 것 같았다. 그녀는 그를 따라 헤엄을 쳐서 앞으로 나갔다. 얼마나 헤엄쳐 갔을까, 그가 문득 물었다.

"무섭지 않아? 돌아갈까?"

그녀가 대답했다.

"아니요, 괜찮아요."

얼마 후 그가 다시 물었다.

"정말 무섭지 않아? 돌아갈까?"

열여덟 살 그녀가 대답했다.

"아니요, 괜찮아요. 더 가요, 우리."

한참을 더 가고 그가 물었다.

"무섭지 않아? 돌아갈까?"

"하나도 무섭지 않아요."

그녀의 목소리는 의기양양하게 울렸다. 겁은 덜컥 그의 얼굴 위로 서렸다. 약간 난처한 표정을 지은 그가 말했다.

"그만 돌아가자. 너무 먼 바다까지 나왔어."

40년 동안 잃어버렸던 마지막 퍼즐 조각이 끼워지자 잔잔한 바다는 비로소 부드러이 파도치기 시작했다.

27

40년 동안 잠자던 그 기억을 지상으로 데려다놓기 위해 이 폭풍은 불어야 했던 것일까. 완벽한 신뢰. 완벽한 믿음은 신에게가 아니라 소녀 시절 그를 향했던 것이었는지도 모른다. 아버지가 끌려가기 전에 아버지가 돌아와 병들기 전에. 그녀가 그를 거절하고 그녀가 그 동네를 떠나기 전에.

그토록 신뢰했던 한 사람의 기억을 그녀는 깊이깊이 묻어놓았었다. 이 해후가 없었다면 기억은 영원히 깨어나지 않았으리라. 모든 과거는 현재를 규정하고 현재는 미래에 영향을 미치기에 그녀는 많이 불행했었다. 세상에서 아버지 말고는 아무도 신뢰하지 않았다고 생각했었다. 어떤 남자도 다는 믿지 않았다. 금방 싫증을 냈고 하찮아졌다. 인생은 슬픈 무채색이었다.

그런데 열여덟 살 여름으로 가는 것처럼 그때의 바닷빛과 그때 그녀의 몸을 부드럽게 감싸던 따뜻한 조수와 그때 그녀를 바라보던 그의 표정들의 기억이 살아나자 모든 것이 달라진 것이었다. 그녀는 믿었고 그는 사랑했었다. 어둠 속에 묻혀 있던 과거의 한 부분이 이 해후의 스포트라이트를 받아 비추어지자 그 과거가 다시 현재를 다르게 채색해 오기 시작했다. 기억의 마지막 퍼즐이 맞춰지자 풍경은 완전히 다른 것이 되어버렸다. 그도 잃어버린 그 퍼즐을 다 맞춘 후였다는 것을 그녀는 알아차렸다. 그날 에메랄드빛 바다 위에서 그녀를 안쓰러이 바라보며 떠 있던 그 사람이 이 폭풍우 속에서 똑같은 눈빛으로 그녀에게 다가오고 있었다. 그들은 사랑했으므로 과거만이 중요했다. 미래는 그때도 지금도 그들의 몫이 아니었다.

"사랑하는 사람들에게 사랑한다고 말해 주고 미워하는 사람들에게 날씨가 춥죠? 하고 말하는 것 외에 무슨 말이 더 필요하겠니."

어머니의 말이 떠올랐다. 마치 그녀는 어머니의 말대로 말하려고 입술을 달싹였으나 뜻밖에도 담담하고 맑은 맨 눈물이 흘러내렸다. 그것은 그날의 바다처럼 따스했다. 지구 반대편, 순천 금둔사에서 홍매화 백 송이가 꽃망울을 터뜨리며 피어나고 있을 것이었다.

누군가 글 쓰는 데 필요한 조건을 묻길래 내가 대답했었다.

고통과 고독과 독서, 이 세 가지입니다.

글을 쓴다는 것은, 짧은 것도 아니고 두꺼운 장편을 쓴다는 것은, 목 아플 때 먹는 호올스 사탕을 입에 물고 조금씩 녹여내듯이 내 살아온 뼈를 조금씩 녹여 잉크를 만드는 것 같다. 토막 난 시간은 그저 헛되었고 긴 시간을 훌렁 자루로 뒤집어써야 토끼똥처럼 찔끔거리며 문장이 떨어져내리기에 사람으로서 도리도 못 하고 사는 날이 많았다.

또한 당연히 고독했고 그래야 했다.

나는 요즘 섬진강 변에 산다. 산골이라 어둠은 빨리 내린다.

여기서 내가 택한 고요와 고독은 마치 저 겨울 강 위에 펼쳐진 얇은 얼음처럼 내 가슴에 막을 드리운다.

수면보다 깊은 곳에 아직도 많은 소용돌이가 있지만 나는 긴긴 겨울밤을 검고 도타운 이불처럼 덮고 내 기억 속으로 피신했었다. 그러는 동안 이 소설은 탄생했다.

세상은 여전히 시끄럽고 영원으로부터 영원토록 부조리했다.

분노가 치밀 때마다 내가 할 수 있는 일은 고작 부조리에, 폭력과 음모에 고통 받는 사람들을 위해 내 자리에서 모스 부호를 타전하는 것뿐이었다. 하지만 나는 이제 안다. 내가 여기서 내 마음을 다해 보내는 위로와 사랑은 하찮은 것이 아니라는 우주의 한 비밀을.

그러고도 남은 시간은 나 자신을 들여다보며 지냈다.

나 자신의 속은 우주처럼 넓다. 천 권의 소설이 들어 있기도 하다. 그것은 바다처럼 파도치며 때로는 뒤집어 엎을 듯 나를 압도하고 때로는 잔잔하게 노래를 들려주기도 한다.

가끔 세상이 나를 향해 비난을 던질 때 얼척없는 모함에 두려움이 엄습할 때마다 나는 나 자신을 더 자세히 들여다보았다. 내가 어떤 비난에 동요하는지를 보는 것이다. 거기에 내버려야 할 욕망의 찌꺼기들이 남아 있을 것이니까. 내가 그 욕망들을 어떻게 하지는 못해도, 그럴 수만 있다면 이미 성녀가 되었겠지만, 최소한 알고는 싶었던 거다. 내가 무엇을 아직도 헛되이 욕망하고 있는지.

이 겨울 내내 고독 속에서 나는 천천히 썼다. 한 글자도 쓰지 못하고 서성였던 날들이 더 많았고. 이제는 정신보다 먼저 급격하게 노쇠해 가는 육체가 나를 방해하기에 나의 작업은 느리고 힘겨웠다. 그러나 죽는 날까지, 하늘이 허락하는 날까지 나는 쓸 것 같다, 고 이 소설을 쓰면서 나는 생각했다.

사랑하는 루카치, 밤하늘의 별을 보고 갈 수가 있고 또 가야만 했던 길의 지도를 읽을 수 있던 시대는 얼마나 행복한가? 라고 말했던 루카치, 『소설의 이론』을 다시 읽을 수 있는 한.

추신 : 이런 말을 해야 하는 처지가 슬프지만 이 소설은 당연히 허구이다.

2020년 홍매화가 피어난 봄
섬진강 가에서
공지영

| 본문 인용 작품 출처 |

27쪽 「어떤 나무의 말」, 『말들이 돌아오는 시간』, 나희덕 지음, 문학과지성사

28~29쪽 「뿌리로부터」, 『말들이 돌아오는 시간』, 나희덕 지음, 문학과지성사

98쪽 「내 눈을 감기세요」, 『두이노의 비가』, 라이너 마리아 릴케 지음, 손재준 옮김, 열린책들

101~102쪽 『예수회 신부 알프레드 델프』, 마리아네 하피히 지음, 김용해 옮김, 시와진실

125~126쪽 「사랑이 어떻게 너에게로 왔는가」, 『릴케 시집』, 라이너 마리아 릴케 지음, 송영택 옮김, 문예출판사

「하얀 국화가 피어 있는 날이었다」, 『릴케 시집』, 라이너 마리아 릴케 지음, 송영택 옮김, 문예출판사

170~174쪽 『희망의 예언자 오스카 로메로』, 스코트 라이트 지음, 김근수 옮김, 아르테

| 본문 삽화 목록 |

ⓒ 최다혜

22쪽 〈습작〉, 캔버스에 아크릴, 2019

49쪽 〈봄, 세치〉, 종이에 아크릴, 2018

80쪽 〈Departure〉, 종이에 아크릴, 2019

105쪽 〈광장〉, 종이에 아크릴, 2019

135쪽 〈산책〉, 종이에 아크릴, 2019

148쪽 〈수요일〉, 종이에 아크릴, 2020

163쪽 〈휴식〉, 캔버스에 아크릴, 2018

179쪽 〈볼사 궁전〉, 종이에 아크릴, 2018

197쪽 〈오후 4시 41분〉, 종이에 아크릴, 2018

231쪽 〈빨간 식당〉, 종이에 아크릴, 2019

268쪽 〈먼 바다〉, 종이에 아크릴, 2020

먼 바다

초판 1쇄 2020년 2월 15일
초판 5쇄 2023년 1월 31일

지은이 │ 공지영
펴낸이 │ 송영석

주간 │ 이혜진
기획편집 │ 박신애 · 최예은 · 조아혜
디자인 │ 박윤정 · 유보람
마케팅 │ 김유종 · 한승민
관리 │ 송우석 · 전지연 · 채경민

펴낸곳 │ (株)해냄출판사
등록번호 │ 제10-229호
등록일자 │ 1988년 5월 11일(설립일자 │ 1983년 6월 24일)

04042 서울시 마포구 잔다리로 30 해냄빌딩 5·6층
대표전화 │ 326-1600 **팩스** │ 326-1624
홈페이지 │ www.hainaim.com

ISBN 978-89-6574-987-5